Philippe Djian

"Oh…"

Gallimard

Philippe Djian est né en 1949 à Paris. Il a exercé de nombreux métiers : pigiste, il a vendu ses photos de Colombie à *L'Humanité Dimanche* et ses interviews de Montherlant et Lucette Destouches, la veuve de Céline, au *Magazine littéraire* ; il a aussi travaillé dans un péage, été magasinier, vendeur...

Son premier livre, *50 contre 1*, paraît en 1981. *Bleu comme l'enfer* a été adapté au cinéma par Yves Boisset et *37°2 le matin* par Jean-Jacques Beineix. Depuis, il a publié *Lent dehors* (Folio n° 2437), *Sotos* (Folio n° 2708), une trilogie composée d'*Assassins* (Folio n° 2845), *Criminels* (Folio n° 3135) et *Sainte-Bob* (Folio n° 3324) parue en 1998, *Ça, c'est un baiser* (Folio n° 4027), *Frictions* (Folio n° 4178), *Impuretés* (Folio n° 4400), *Mise en bouche* (Folio n° 4758), *Impardonnables* (Folio n° 5075), *Incidences* (Folio n° 5303), *Vengeances* (Folio n° 5490), *"Oh... "*, prix Interallié 2012, et *Doggy bag*, une série de six saisons.

Dehors il faisait sombre et les contours s'estompaient. L'orage s'était éloigné jusqu'à n'être plus qu'un roulement semblable à celui que fait une charrette en passant sur un pont.

EUDORA WELTY
Extrait de la nouvelle « Fait Divers »,
in *L'homme foudroyé*

Je me suis sans doute éraflé la joue. Elle me brûle. Ma mâchoire me fait mal. J'ai renversé un vase en tombant, je me souviens l'avoir entendu exploser sur le sol et je me demande si je ne me suis pas blessée avec un morceau de verre, je ne sais pas. Le soleil brille encore dehors. Il fait bon. Je reprends doucement mon souffle. Je sens que je vais avoir une terrible migraine, dans quelques minutes.

Il y a deux jours, comme j'arrosais mon jardin, un message inquiétant m'est apparu en levant les yeux vers le ciel. Un nuage, d'une forme très explicite. J'ai regardé autour de moi pour voir s'il s'adressait à d'autres, mais je n'ai vu personne. Et on n'entendait rien, juste moi en train d'arroser, pas une parole, pas un cri, pas un souffle d'air, pas un seul bruit d'engin — et Dieu sait qu'il y a souvent une tondeuse ou un souffleur en action dans les parages.

Je suis sensible, en général, aux interventions du monde extérieur. Je peux rester enfermée plusieurs jours d'affilée, ne pas mettre un seul pied dehors si je perçois un inquiétant présage dans le vol erratique d'un oiseau — si possible accompagné d'un cri perçant ou d'un croassement lugubre — ou encore si un rayon de soleil le soir vient étrangement me frapper en pleine figure en traversant le feuillage ou si je me penche pour donner un peu d'argent à un homme assis sur le trottoir qui soudain m'attrape le bras et me hurle au visage : «*Les démons, les visages des démons... mais si je menace de les tuer, là, ils m'obéissent...!!*» — l'homme éructait, répétait cette phrase en boucle avec des yeux fous, sans me lâcher et en rentrant, ce jour-là, j'avais fait annuler mon billet de train, oubliant à l'instant le but de mon voyage, n'y attachant plus aucune espèce d'intérêt, pas le moindre, n'étant pas candidate au suicide ni sourde aux avertissements, aux messages et aux signes que l'on m'envoyait.

À seize ans, j'ai loupé un avion à la suite d'une beuverie aux fêtes de Bayonne et cet avion s'est écrasé. J'y ai longuement réfléchi. J'ai alors décidé que dorénavant, j'allais prendre certaines précautions afin de protéger ma vie. J'ai admis que ces choses existaient et j'ai laissé rire ceux qui prenaient le parti d'en rire. Je ne sais pour quelle raison mais les signes venus du ciel m'ont toujours semblé les plus pertinents, les plus impérieux, et un nuage en forme de X — un genre assez rare pour attirer doublement mon attention — ne peut que m'inciter à me tenir sur mes gardes. Je ne sais pas ce qui m'a pris. Comment ai-je pu relâcher ma vigilance ? Même si c'est un peu — beaucoup ? — à cause de Marty. J'ai tellement honte. Je suis tellement furieuse, à présent. Furieuse après moi. Il y a une chaîne à ma porte. Il y a une maudite chaîne à ma porte, l'ai-je oublié ? Je me relève et je vais la mettre. Je pince un instant ma lèvre inférieure entre mes dents et je reste immobile une minute. En dehors du vase cassé, je ne constate aucun désordre. Je monte me changer. Vincent vient dîner avec son amie et rien n'est prêt.

La jeune femme est enceinte, mais l'enfant n'est pas de Vincent. Je ne dis plus rien, à ce sujet. Je n'ai rien à y gagner. Je n'ai plus la force de me battre avec lui. Ni envie. Lorsque je me suis rendu compte à quel point il ressemblait à son père, j'ai cru devenir folle. Elle s'appelle Josie. Elle cherche un appartement pour Vincent et pour elle, et pour le bébé à venir. Richard a feint de se trouver mal lorsque nous avons évoqué le montant des loyers dans la capitale. Il a marché de long en large en maugréant, comme c'est devenu son habitude. Je vois combien il a vieilli, combien il est devenu sombre en vingt ans. «Quoi, par an ou par mois ?» a-t-il fait en prenant un air mauvais. Il n'était pas sûr de trouver l'argent. Tandis que moi, je suis censée bénéficier de revenus confortables et réguliers. Naturellement.

«Tu as voulu un fils, lui dis-je. Souviens-toi.» Je l'ai quitté car il était devenu insupportable et aujourd'hui, il est plus insupportable que jamais.

Je l'encourage à se remettre à fumer ou même à courir afin d'évacuer cette amertume ombrageuse qui l'anime la plupart du temps.

« Excuse-moi, mais va te faire foutre, me dit-il. En tout cas, je suis à sec pour le moment. Je croyais qu'il avait trouvé un job.

— Je ne sais pas. Parlez-en, tous les deux. »

Avec lui non plus, je ne veux plus me battre. J'ai passé plus de vingt ans de ma vie avec cet homme, mais parfois je me demande où j'en ai trouvé la force.

Je me fais couler un bain. Ma joue est rouge, et même un peu jaune, comme de la terre cuite, et j'ai une petite goutte de sang au coin de la lèvre. Je suis sérieusement décoiffée — la pince qui retenait mes cheveux en a libéré une bonne partie. Je verse des sels dans la baignoire. C'est de la folie car il est déjà cinq heures de l'après-midi et cette fille, Josie, je ne la connais pas très bien. Je ne sais pas trop quoi en penser.

Il fait pourtant une lumière incroyablement belle et douce, tellement éloignée d'une quelconque impression de menace. J'ai tant de mal à croire qu'une telle chose me soit arrivée par un ciel si bleu, par ce si beau temps. La salle de bains est inondée de soleil, j'entends des cris, des jeux d'enfants au loin, l'horizon poudroie, les oiseaux, les écureuils, etc.

C'est tellement bon. Ce bain est miraculeux. Je ferme les yeux. Au bout d'un moment, je ne prétends pas avoir tout effacé, mais j'ai totalement recouvré mes esprits. La migraine attendue ne vient pas. J'appelle le traiteur et je fais livrer des sushis.

J'ai connu pire avec des hommes que j'avais librement choisis.

Je passe l'aspirateur après avoir ramassé les plus gros morceaux du vase, là où je suis tombée — penser que quelques heures plus tôt j'étais couchée là, le cœur battant, me met assez mal à l'aise. Et voilà que, comme je m'apprête à me servir un verre, je reçois un message d'Irène, ma mère, qui a soixante-quinze ans et que je n'ai pas vue — pas plus que je n'ai de ses nouvelles — depuis un mois. Elle prétend qu'elle a rêvé de moi, que je l'appelais à l'aide — alors que je ne l'ai pas appelée du tout.

Vincent ne semble pas tout à fait convaincu par mon histoire. « Ton vélo est en parfait état, me dit-il. C'est quand même curieux. » Je le fixe un instant, puis je hausse les épaules. Josie est écarlate. Vincent vient de lui saisir vivement le poignet et la force à reposer les cacahuètes. Elle a déjà grossi d'une vingtaine de kilos, paraît-il.

Ils ne vont pas du tout ensemble. Richard, qui n'y connaît strictement rien, m'a assuré que ce genre de filles était souvent une affaire au lit — c'est quoi *être une affaire au lit* ? En attendant, elle cherche un trois-pièces de cent mètres carrés minimum et dans le quartier qui l'intéresse, on ne trouve rien de cette taille à moins de 3 000 €.

« J'ai déposé une candidature chez McDonald's, dit-il. Pour voir venir. » Je l'encourage dans cette voie — ou dans quelque chose d'un peu plus valorisant, pourquoi pas? Une femme enceinte coûte cher à entretenir. «Il vaut mieux que tu le saches», lui ai-je dit aussitôt, avant même qu'il ne me la présente. «Je ne te demande pas ton avis, m'a-t-il répondu. Je me fous de ton avis.»

Il est comme ça avec moi, depuis que j'ai quitté son père. Richard est un excellent tragédien. Et Vincent son meilleur public. Comme nous sortons de table, il me considère de nouveau d'un œil soupçonneux: «Mais qu'est-ce que tu as? Qu'est-ce qui ne va pas?» Je ne cesse d'y penser, bien entendu, ça ne m'a pas quittée durant tout le repas. Je me demande si j'ai été choisie au hasard ou si j'ai été suivie, si c'est quelqu'un que je connais. Leurs histoires de loyers, de chambre pour l'enfant, ne m'intéressent pas, mais j'admire ce qu'ils entreprennent — ce qu'ils tentent —, ce tour qui consiste à faire que leur problème devienne mon problème. Je le fixe un court instant, cherchant à imaginer son expression si je lui racontais ce qui m'est arrivé dans l'après-midi. Mais ça ne fait plus partie de mes attributions. Imaginer les réactions de mon fils n'est plus en mon pouvoir.

«Est-ce que tu t'es battue?!

— Battue, Vincent?» Je pouffe légèrement. «Battue?!

— Tu t'es cognée avec quelqu'un?

— Oh écoute, ne sois pas stupide. Je n'ai pas l'habitude de me "cogner" avec qui que ce soit.» Je me lève et vais rejoindre Josie sur la véranda. Il fait bon, mais malgré la fraîcheur du soir, elle s'évente car elle étouffe. Les dernières semaines sont les plus terribles. Je n'aurais recommencé pour rien au monde. Je me serais ouvert le ventre pour mettre fin à mon supplice. Vincent le sait. Je n'ai jamais cherché à embellir cet épisode. J'ai toujours voulu qu'il sache. Et qu'il n'oublie pas. Ma mère a tenu le même discours avec moi et je n'en suis pas morte.

Nous regardons le ciel, sa noirceur étoilée. J'observe Josie du coin de l'œil. Je ne l'ai observée qu'une demi-douzaine de fois et je ne sais pas grand-chose. Elle n'est pas antipathique. Connaissant Vincent, mon fils, je la plains, mais il y a quelque chose de minéral chez elle, de froidement entêté, et j'estime qu'elle peut s'en sortir si elle veut s'en donner la peine. Je sens qu'elle est solide, qu'il y a quelque chose de tapi en elle.

« Alors, c'est pour décembre, lui dis-je. Ça approche.

— Il a raison, dit-elle. Vous êtes toute chamboulée.

— Non, pas du tout, dis-je. Ça va. Il me connaît mal. »

Je referme derrière eux. Je fais le tour du rez-de-chaussée armée d'un hachoir à viande, je vérifie les portes et les fenêtres. Je m'enferme dans ma chambre. Quand l'aube commence à l'envahir, je n'ai toujours pas fermé l'œil. Le matin devient bleu, resplendissant. Je file voir ma mère. Dans son salon, je croise un jeune type athlétique mais tout à fait ordinaire.

Je me demande si mon agresseur de la veille

ressemblait à ça — je n'ai que le souvenir d'une cagoule avec deux simples trous pour les yeux, et encore, je ne me souviens déjà plus si elle était bleue ou rouge —, s'il ressemblait à ce type à l'air satisfait qui me cligne de l'œil en quittant l'appartement de ma mère.

« Maman, mais combien les payes-tu, mais quelle tristesse !... dis-je. Tu ne pourrais pas changer ? Je ne sais pas, moi, sors avec un intellectuel ou un écrivain. Tu n'as pas besoin d'une espèce d'étalon, je suppose. À ton âge.

— Ça ne m'atteint pas. Je n'ai pas à rougir de ma vie sexuelle. Tu n'es qu'une petite garce. Ton père a raison.

— Maman, on arrête. Ne me parle pas de lui. Il est bien où il est.

— Mais qu'est-ce que tu racontes, ma pauvre fille ?! Bien sûr que non, ton père n'est pas bien où il est. Il devient fou.

— Il *est* fou. Parle avec son psychiatre. »

Elle m'offre le petit déjeuner. Je crois qu'elle s'est fait refaire quelque chose depuis la dernière fois. Ou juste botoxer ou je ne sais quoi, peu importe. Elle a changé de vie de façon radicale depuis que son mari — qui est aussi malheureusement mon père — est enfermé — même si elle a œuvré pour la bonne cause dans un premier temps. Une vraie dévergondée. Elle a dépensé beaucoup d'argent en chirurgie esthétique, ces dernières années. Parfois, sous certain éclairage, elle me fait peur.

« Très bien. Qu'est-ce que tu veux ?

— Ce que je veux ? Maman, c'est toi qui m'as appelée. »

Elle me considère un instant sans réagir.

Puis elle se penche vers moi et me dit : « Réfléchis bien, avant de me répondre. Ne me réponds pas à la légère. Réfléchis bien. Que dirais-tu si je me remariais ? Réfléchis bien.

— Je te tuerais, c'est bien simple. Pas besoin de réfléchir. »

Elle secoue doucement la tête, croise les jambes, allume une cigarette.

« Tu as toujours souhaité une version aseptisée du monde, me dit-elle. Le sombre, l'anormal, t'a toujours fait peur.

— Je te tuerais. Inutile de me sortir ton charabia. Tu es prévenue. »

J'ai fermé les yeux, jusque-là. Certes, son appétit sexuel m'a toujours étonnée, et je ne le cautionne pas — mieux que ça : il me répugne assez — mais j'ai décidé de me montrer ouverte et libre d'esprit sur ce point. Si c'est sa façon de s'en sortir je l'accepte — sans chercher à en connaître les détails. Très bien. Cependant, lorsque l'affaire prend une tournure un peu trop sérieuse et que nous risquons d'avancer sur un terrain glissant, comme c'est le cas avec cette histoire de mariage, ma foi j'interviens. Qui est l'heureux élu cette fois ? Qui a-t-elle rencontré ? Qui donc est ce Ralf — le bougre a un nom — qui apparaît dans le champ et l'assombrit ?

J'ai écarté un avocat qui se prétendait fou d'elle en déclarant qu'elle était porteuse du virus, puis un directeur d'agence en lui racontant la vérité sur notre histoire — qui jette aussitôt un froid — et encore ne l'avaient-ils pas demandée en mariage.

Je ne pense pas pouvoir tolérer quelque chose d'aussi grotesque. Une femme de soixante-quinze ans. Son union, les fleurs, la lune de miel. Elle ressemble à ces vieilles actrices terrifiantes, entièrement replâtrées, aux seins remontés — 5 000 € la paire —, à l'œil brillant, violemment bronzées.

« J'aimerais savoir qui va payer mon loyer durant les années qui viennent, finit-elle par soupirer. J'aimerais que tu me le dises.

— Moi, bien sûr. C'est ce que j'ai toujours fait, non ? »

Elle sourit, bien qu'elle soit visiblement très contrariée.

« Tu es d'un tel égoïsme, Michèle. C'est effrayant. »

Je beurre les toasts qui viennent de sauter du grille-pain. Je ne l'ai pas vue depuis un bon mois et j'ai déjà envie de partir.

« Imagine qu'il t'arrive quelque chose », dit-elle.

J'ai envie de lui répondre que c'est un risque à courir.

Je couvre un toast de confiture de framboises. Abondamment. Exprès. Difficile de ne pas s'en mettre plein les mains, et je le lui tends. Elle hésite. On dirait des grumeaux de sang. Elle fixe la chose un instant et elle me dit :

« Je crois qu'il n'en a plus pour longtemps,

Michèle. Je crois qu'il faut que tu le saches. Ton père n'en a plus pour très longtemps.

— Eh bien, bon débarras. C'est tout ce que j'ai à dire.

— Tu n'es pas obligée d'être si dure, tu sais… Ne fais pas quelque chose que tu regretteras toute ta vie.

— Quoi? Je vais regretter quoi? Est-ce que tu délires?

— Il a payé. Il est en prison depuis trente ans. C'est loin.

— Je ne dirais pas ça. Je ne dirais pas que c'est loin. Comment peux-tu sortir de telles énormités? C'est loin. Tu trouves que c'est loin, toi? Tu veux des jumelles?» J'en ai les larmes qui me montent aux yeux, comme si je venais d'avaler une cuillerée de moutarde forte. «J'ai pas l'intention d'y aller, maman. J'ai pas du tout l'intention d'y aller. Ne te fais pas d'illusions là-dessus. Il est mort depuis longtemps pour moi.»

Elle me glisse un regard plein de reproche puis se détourne vers la fenêtre. «Je ne sais même pas s'il me reconnaît encore. Mais il demande après toi.

— Ah bon? Et qu'est-ce que ça peut bien me faire? Que veux-tu que ça me fasse? Depuis quand lui sers-tu de facteur?

— N'attends pas. C'est tout ce que j'ai à dire: n'attends pas.

— Écoute, je ne mettrai jamais un pied dans cette prison. Aucune chance pour que je lui rende visite. Il commence à s'évanouir dans mon esprit et j'aimerais qu'il finisse par en disparaître totalement, si possible.

— Comment peux-tu dire ça ? C'est terrible de dire ça.

— Ah, épargne-moi ces salades, s'il te plaît. Par pitié. Ce démon a gâché nos vies, non ?

— Tout n'était pas mauvais, tout n'était pas noir chez lui, loin de là. Tu le sais très bien. Il pourrait t'inspirer un peu de pitié.

— De la pitié ? Maman, regarde-moi bien. Je n'éprouve aucune pitié pour lui. Pas une seconde. J'espère qu'il va finir ses jours là où il est et je n'irai certainement pas le voir. Oublie. »

Elle ne sait pas que je le vois en rêve. Plus exactement, je ne vois que sa silhouette, sa noirceur électrique, car c'est la pénombre. Sa tête et ses épaules se découpent mais je ne parviens pas à voir s'il est de dos ou de face, s'il me regarde ou non. Il semble assis. Il ne me parle pas. Il attend. Et lorsque je me réveille, cette image reste imprimée dans mon esprit, cette ombre.

Je ne peux pas m'empêcher de penser qu'il pourrait y avoir une relation entre l'agression que j'ai subie et les agissements de mon père — comme nous nous le demandons, ma mère et moi, chaque fois que nous subissons une épreuve, pour en avoir fait l'expérience autrefois, pour avoir essuyé les crachats et les coups plus souvent qu'à notre tour simplement parce que nous étions sa femme et sa fille. Du jour au lendemain, nous avions perdu toutes nos relations, tous nos voisins, tous nos amis. Comme si nous avions été marquées au front.

Pour avoir connu les coups de fil anonymes, les insultes en pleine nuit, les courriers obscènes, les poubelles renversées devant notre porte, les inscriptions sur les murs, les bousculades au bureau de poste, les humiliations chez les commerçants, les vitres brisées, plus rien ne peut me surprendre. Personne ne peut jurer que toutes les braises sont éteintes, que quelqu'un, dans un coin, n'est pas en train de ruminer, de fomenter le prochain coup qui va s'abattre. Comment croire au hasard ?

Le soir même, je reçois un message — « Je t'ai trouvée très étroite, pour une femme de ton âge. Mais bon. » — et j'en tombe à la renverse. J'en ai le souffle coupé. Je le relis deux ou trois fois, puis je réponds : « Qui êtes-vous ? » mais je n'obtiens pas de retour.

Je passe la matinée et une partie de l'après-midi à lire des scénarios, ils s'entassent au pied de mon bureau. Il y a peut-être aussi une piste de ce côté-là, me dis-je, un jeune auteur que j'aurais descendu et qui m'en veut par-dessus tout.

En chemin, je me suis arrêtée dans une armurerie et j'ai acheté quelques bombes de défense, à base de poivre rouge pour les yeux. Le petit modèle est très pratique et peut servir plusieurs fois. J'en utilisais régulièrement lorsque j'étais plus jeune. J'étais extrêmement rapide, je ne craignais pas d'emprunter les transports en commun, j'étais très agile. J'avais appris au fil des années,

23

j'esquivais bien, je courais assez vite, je faisais le tour du pâté de maisons en moins de deux minutes. Ce n'est plus le cas, aujourd'hui. C'est fini. Mais heureusement, je n'ai plus aucune raison de courir. Je pourrais me remettre à fumer, si je voulais, qui donc s'en soucierait ?

Je suspends mes mornes lectures en milieu d'après-midi.

Rien de pire que cette sensation de temps stupidement perdu quand on referme un mauvais manuscrit. L'un d'eux traverse la pièce où je travaille et atterrit dans une poubelle de deux cents litres uniquement réservée à cet usage. Parfois, ce temps perdu devient douloureux. Parfois, c'est si mauvais qu'on a envie de pleurer.

Vers dix-sept heures, je repense à mon violeur car juste à cette heure-là, quarante-huit heures plus tôt, il profitait que je sois occupée avec Marty pour forcer ma porte et s'introduire chez moi, comme le diable jaillissant d'une boîte.

Puis tout à coup, je comprends qu'il a dû me surveiller. Attendre le bon moment. Me surveiller. Et j'en reste interdite, un instant.

Je passe au bureau, je prends mon courrier, je vérifie mes messages, donne quelques coups de fil, laisse quelques instructions. Anna vient discuter un moment avec moi et à la fin de la conversation elle me dit : « En tout cas, je trouve que tu as une drôle de tête. »

Je fais celle qui tombe des nues. « Mais pas du tout. Au contraire. Regarde-moi cette belle journée, ce soleil magnifique. »

Elle sourit. Anna serait sans doute la bonne personne avec qui en parler si je décidais de le faire. Nous nous connaissons depuis si longtemps. Mais quelque chose me retient. Mes rapports avec son mari ?

Je vais voir ma gynéco, je fais les examens nécessaires. Vincent m'appelle pour me demander si au moins je n'accepterais pas de lui servir de caution. Je reste silencieuse quelques secondes.

« Tu as été grossier avec moi, Vincent.

— Oui, je le sais, putain, pardonne-moi, je le sais.

— Je ne peux pas te donner cet argent, Vincent. J'essaie de me constituer une retraite, je ne veux pas me retrouver à tes crochets, plus tard. Je ne pourrais pas accepter que tu travailles pour moi. D'être un fardeau.

— Oui, ça va, j'ai compris. Putain, maman, sers-moi au moins de caution.

— Ne viens pas simplement me trouver quand tu as quelque chose à me soutirer. »

Je l'entends qui cogne le combiné contre je ne sais quoi. Tout petit, il était déjà coléreux. C'est son père tout craché.

« Putain, maman, dis-moi si c'est oui ou si c'est non.

— Arrête de dire putain. C'est quoi, cette façon de parler ? »

Nous prenons rendez-vous avec le propriétaire. L'incertitude économique, la stagnation atteignent de tels niveaux qu'une transaction aussi simple que de louer un appartement devient un festival de méfiance réciproque, de type livret de famille, pièce d'identité, revenus annuels, certificats, photocopies, déclarations sous serment, assurances, papiers, lettre manuscrite, religion, et multiples précautions du bailleur en prévision du chaos qui pourrait suivre. Je demande si c'est une plaisanterie, mais ce n'en est pas une.

En sortant, Vincent déclare vouloir me payer un verre et nous entrons dans un bar. Il commande une bière hawaïenne et moi un verre de vin blanc sec d'Afrique du Sud. Nous trinquons au fait que le voilà devenu l'heureux locataire d'un trois-pièces de soixante-cinq mètres carrés orienté plein sud, avec un petit balcon, pour lequel je me suis portée caution.

«Tu comprends ce que ça signifie, Vincent. Alors prends tes responsabilités. Si tu ne payes pas ton loyer, cela retombera sur moi et je ne pourrai pas tenir le coup très longtemps, est-ce que tu m'écoutes, ce n'est pas un jeu, Vincent, et je ne m'en fais pas juste pour vous, je parle pour moi et pour ta grand-mère dont le loyer est également à ma charge, tu le sais. Vincent, ils sont extrêmement nerveux en ce moment, ils ne laissent rien passer. Ils peuvent bloquer ton compte en un tour de main, engager des poursuites dont les frais sont entièrement à ta charge, t'envoyer les huissiers sans la moindre hésitation, t'humilier, et j'en passe. Garde toujours à l'esprit que des hommes qui spéculent sur le riz ou le blé ont déjà suffisamment de sang sur les mains pour ne pas craindre d'en faire couler davantage.»

Il me considère un instant puis sourit : « J'ai changé, mais tu ne le vois pas. »

J'aimerais le croire. J'aimerais le prendre dans mes bras et le couvrir de baisers reconnaissants. Mais j'attends de voir.

J'ai une réunion dans mon bureau. Ils sont une quinzaine. Cela fait quelques mois déjà que ces réunions hebdomadaires se déroulent dans un climat tendu car leur travail ne vaut rien depuis qu'ils sont rentrés de vacances. Rien d'un tant soit peu original ou de puissant ne m'a été proposé et leurs mines déconfites — après les vifs compliments que je leur adresse, mon admiration bluffée pour leur exceptionnel talent d'écriture — me dégoûtent.

Il y a une dizaine d'hommes. Peut-être est-il parmi eux ? Peut-être ai-je particulièrement dénigré le travail de l'un d'eux, sans en prendre conscience car tout ce que j'ai lu se confond dans la même navrante médiocrité. Je ne remarque rien, cependant. Pas un regard dont je puisse affirmer qu'il appartient à celui qui a tranquillement abusé de moi. Il y a peu, j'étais encore sûre qu'en sa présence, même s'il gardait sa cagoule, je le reconnaîtrais, tout mon corps se mettrait à trembler, à tressaillir, tout en moi se hérisserait. Maintenant, je n'en suis plus aussi sûre.

Lorsque tout le monde se lève et sort, je les accompagne et me mêle à eux, m'arrangeant pour les frôler, profitant de l'exiguïté du couloir pour m'excuser vaguement d'un contact accidentel, mais je ne sens rien, je ne reconnais aucune odeur, aucun parfum, je vais discrètement de l'un à l'autre, les incitant à me donner le meilleur d'eux-mêmes pour la semaine prochaine s'ils tiennent à conserver le job — et plus personne ne plaisante avec ça —, mais autrement non, je ne sens rien, pas la moindre étincelle.

J'en parle à Richard, pour finir. De mon effroyable aventure.

Il pâlit puis se lève pour se verser à boire.

« Tu me trouves particulièrement étroite ? » demandé-je.

Il pousse un long soupir et s'assied près de moi en secouant la tête. Puis il me prend une main et la garde entre les siennes, sans ajouter un mot.

Si j'ai jamais éprouvé de profonds sentiments pour un homme, c'est à Richard que je les ai réservés. Je l'ai d'ailleurs épousé. Et aujourd'hui encore, à travers de petites choses, par exemple lorsqu'il me prend la main ou me cherche des yeux avec une pointe d'inquiétude, quand d'un océan d'incompatibilités réciproques émergent ces îlots d'affection, de pure entente, je perçois très bien l'écho de ce que nous avons été durant quelques années l'un pour l'autre.

Autrement, nous nous détestons. Enfin lui me déteste. Son incapacité à vendre ses scénarios et d'en être réduit à travailler pour la télé sur d'affreux téléfilms, sur des programmes indigestes, avec des cons, seraient en partie ma faute. Je ne fais pas ce qu'il faut, à l'entendre, je n'ai jamais levé le petit doigt, je n'utilise pas mes relations, j'y mets de la mauvaise volonté depuis le début, la plus mauvaise volonté du monde, bla bla bla. On n'en ressort pas vivant. Le fossé se creuse.

Je suis incapable d'écrire un scénario moi-même, je n'ai vraiment pas ce talent, mais je sais en reconnaître un bon quand il me passe entre les mains, je n'ai plus rien à prouver dans ce domaine, je suis connue pour ça — si Anna Vangerlove n'était pas mon amie, je me serais déjà vendue aux Chinois, à leurs foutus chasseurs de têtes. Or Richard n'a jamais écrit de bon scénario, je suis bien placée pour le savoir. Un peu trop bien placée, sans doute.

« Je ne dirais pas que tu es étroite, lâche-t-il, et je ne dirais pas non plus que tu ne l'es pas. Tu es entre les deux, autant que je sache. »

Il y a un message en suspension dans l'air, mais je n'ai pas envie de coucher avec lui, là, maintenant. Nous nous autorisons ces écarts quelquefois, mais c'est très exceptionnel. Avoir envie en même temps n'arrive pas tous les jours après vingt années de vie commune.

Je le regarde et hausse les épaules. Parfois, donner la main ne suffit pas — cet homme n'a pas encore tout appris.

Il me fixe avec une sorte de grimace. « Je n'ai pas attrapé la gale », lui dis-je en ricanant. À présent, j'ai envie qu'il parte. Le soir tombe, enlumine les feuillages. « Ça aurait pu se terminer beaucoup plus mal. Je ne suis ni estropiée ni défigurée.

— En tout cas, la manière dont tu prends ça me dépasse.

— Ah bon ? Et comment faut-il le prendre, d'après toi ? Tu préférerais me voir gémir ? Tu veux que je parte en cure, que je me fasse planter des aiguilles, que j'aille voir un psy ? »

Les environs sont silencieux, le soleil rasant, la lumière onctueuse. Quoi qu'il se passe, ici-bas, le monde est toujours aussi beau. Ainsi, l'horreur est totale. Richard ne perdait pas ses cheveux avant que nous ne nous séparions mais il se dégarnit sérieusement depuis deux ans. Je vois la petite clairière qui s'est formée sur le dessus de son crâne briller d'un rose tendre lorsqu'il se penche pour me baiser les doigts.

« Si tu as quelque chose à me demander, Richard, fais-le tout de suite, puis laisse-moi, je suis fatiguée. »

Je sors sur la véranda, à la faveur du crépuscule. Je suis entourée de voisins, des lumières brillent aux fenêtres de leurs maisons, notre allée est largement éclairée, nos jardins pratiquement sans ombre, mais je ne m'aventure pas, je reste sur mes gardes. C'est un état que j'ai longtemps connu, qui était presque permanent au début, puis qui s'est estompé et a en grande partie disparu après notre déménagement. Être continuellement aux aguets, prête à esquiver — ne pas répondre, dégager en vitesse, semer d'éventuels poursuivants. Je connais.

À peine quatre jours se sont écoulés. J'allume une cigarette. Je vois mieux à présent comment les choses se sont passées. Je suis allée ouvrir la porte, derrière la maison, en entendant Marty miauler, me demandant pourquoi cet imbécile de chat ne faisait pas le tour et j'imagine que l'homme lui avait mis la main dessus pour me faire sortir dehors — et c'est exactement ce que j'ai fait, j'ai abandonné ma lecture et j'y suis allée. En revanche, la partie purement sexuelle de l'agression ne m'a laissé aucun souvenir. J'étais l'objet d'une telle tension — tension qui était la somme de toutes celles que j'avais endurées jusque-là pour échapper à la meute déchaînée par mon père — que mon esprit s'est déconnecté et n'a rien enregistré de l'acte lui-même. Donc, impossible d'en dire quoi que ce soit, a priori, impossible de savoir de quelle façon mon corps a réagi — de savoir quoi faire de cette rage et de cette fureur qui m'étouffent.

Je ne suis ni déchirée, ni meurtrie. Plus ou moins irritée mais ça devrait passer. Je ne pratique pas la sodomie à la moindre occasion, si bien que j'ai légèrement saigné, mais ce n'est pas grand-chose. C'est maigre. Je n'ai aucune image. La teneur du message, cependant, le ton — l'ironie, le tutoiement — et la tournure méprisante employés me font penser qu'il s'agit d'une punition — forcément liée à mon travail ou aux diableries de mon père — que m'adresse quelqu'un qui me connaît. En dehors de ma joue, qu'un peu de fond de teint et de poudre a rendue présentable, j'ai de vilaines marques aux bras et aux poignets — là où ses mains les prenaient en tenailles pour me tenir clouée au sol —, d'énormes bleus en forme de bracelets que je cache sous des manches longues. Mais c'est tout, Dieu merci. Au moins ne suis-je pas réduite, comme de plus infortunées, à m'étendre sur l'origine d'un œil complètement fermé, d'une dent cassée, d'une béquille ou pire encore, au moins puis-je décider de l'ampleur à donner à la suite, et si même je souhaite seulement y donner une suite — en fait, je ne parviens pas à les rejoindre, je ne réussis pas à m'intégrer à leur vaste cortège, je ne veux pas porter ça comme une marque, comme la marque de je ne sais quelle appartenance. Je ne suis pas prête à perdre mon travail en prime, je n'ai pas le temps de me disperser, je dois y consacrer toute mon énergie. Je n'ai pas volé le poste que j'occupe aujourd'hui, mais j'ai également pris conscience de son essence éphémère devant la vague des licenciements qui s'est abattue — personne n'est à l'abri, tout peut arriver, certains ont tourné la tête juste un instant et ont tout perdu — alors voilà.

Ma mère revient à la charge au sujet de mon père. Elle voit ça aux alentours de Noël et fait valoir que ce sont sans doute les derniers instants de lucidité. Je raccroche sans répondre.

Je rentre. Je referme derrière moi. Je vérifie les portes, les fenêtres. Je monte dans ma chambre. Marty saute sur le lit, s'étire, bâille. Pour la maison, j'ai choisi le modèle Guardian Angel à gaz incapacitant — chaque tir propulse 6 ml de substance active à 180 km/h.

J'ai quitté Richard avant qu'il ne découvre ma liaison avec Robert Vangerlove car je ne voulais pas le blesser inutilement. Blesser Richard n'a jamais été dans mes intentions. En fait, je pense que j'avais déjà honte de coucher avec le mari d'Anna qui était — qui est toujours — ma meilleure amie. Mais c'était ça ou mourir d'ennui, c'était ça ou se pendre, et un matin, il y a un Robert Vangerlove devant vous, un homme tout à fait ordinaire et sans âme, un homme transparent, souriant de façon un peu stupide, mais vous vous dites « Pourquoi pas ? », vous flottez, vous vous pulvérisez en milliards de petites cellules indécises, et voilà comment on se retrouve avec une aventure sur les bras, un homme blanc avec un début de ventre, plus ou moins gentil mais terne, dont on ne sait comment se débarrasser, encore qu'il ne soit pas le plus mauvais des amants du monde, mais rien de plus que ça.

Il m'appelle et me dit : « Anna est absente en fin de semaine. Est-ce que... »

Je l'arrête. « Robert, je suis indisposée en ce moment.

— Ah bon ? Comment ça ? Je serai dans le coin pour quelques jours.

— Je sais, Robert. Je n'y peux rien.

— Même avec un préservatif ?

— Oui, je suis désolée. Comment s'est passé ton voyage ? Tu as vendu beaucoup de chaussures ?

— Les Italiens sont en train de nous ratiboiser. Je me donne encore un an, deux à tout casser.

— Sinon tu seras là pour les fêtes ? Moi, je ne sais pas encore. Je n'ai rien décidé.

33

— J'ai du mal à m'échapper, au moment des fêtes.

— Oui, je sais que tu as du mal à t'échapper au moment des fêtes, Robert, mais ça ne fait rien. Je connais ta situation. Tu sais que je ne suis pas une fille compliquée. »

Je raccroche.

C'est un miracle que personne ne soit au courant pour lui et moi. Au cours d'une conversation, Anna m'avait dit qu'elle avait choisi un homme avec un physique ordinaire pour avoir l'esprit tranquille. Je n'avais pas fait de commentaires.

J'aimerais que nous restions amis si nous sommes amenés à rompre, mais pour être franche, je n'y crois pas beaucoup. Je ne le connais pas très bien, coucher avec lui ne m'a pas appris grand-chose, mais je ne crois pas qu'il m'apprécierait uniquement comme amie. C'est une impression que j'ai. Richard n'a jamais entretenu que de moyens rapports avec lui. « Comment s'y est-il pris pour la séduire, putain ? » Il pose la question régulièrement — en particulier quand nous rentrons d'un dîner dont ils sont et qu'il a vainement tenté de flirter avec elle.

« Ah, mais c'est un mystère, Richard. Comme tu le sais. Pourquoi des gens se mettent-ils ensemble ? Regarde-nous. C'est un mystère total, non ? »

Cette scène a plus de deux ans. Un mois plus tard, nous étions séparés et je respirais enfin. Enfin seule. Libre. Libérée d'un mari dont l'humeur était devenue exécrable, libérée d'un

fils dont on ne savait pas très bien à quoi il occupait ses journées, et si peu prisonnière de ma
liaison avec Robert que rien, réellement, ne
pressait d'y mettre un terme.

Quelle révélation. Aujourd'hui, avec le recul, je
peux dire que la solitude est le plus beau cadeau
du monde, le seul refuge.

Nous aurions dû nous quitter plus tôt, ne pas
attendre. Nous nous sommes donnés en spectacle, l'un envers l'autre. Nous nous sommes
montrés sous nos pires aspects, nous nous
sommes montrés bas, mesquins, odieux, petits,
perdus, capricieux selon les situations et nous
n'y avons vraiment rien gagné — peut-être perdu
en estime de soi, d'après lui, et je suis d'accord.

Quitter quelqu'un demande plus de courage
qu'on ne croit — à moins de faire partie de ces
zombies dont on a brûlé la cervelle, de ces simples
d'esprit que l'on croise quelquefois. Chaque
matin je me réveillais et je ne trouvais pas le courage, et les derniers jours je passais mon temps
à gémir. Ça nous a pris un long moment. Trois
jours, trois longues journées et trois longues nuits
pour nous arracher l'un de l'autre en partageant
le mobilier, les photos, les films, les documents,
les couverts.

Certes, il y a eu des cris, un peu de casse. Richard
le prenait très mal car il prétendait que j'avais
choisi le pire moment pour lui balancer ça dans
la gueule. Ce sont ses termes. Il était en train de
défendre son projet — le grand projet de sa vie, à
l'entendre, celui qui allait le catapulter au niveau

des plus grands, surtout si Leonardo s'emballait pour le rôle — et j'arrivais avec mes conneries et je lui sciais les pattes. Ce sont ses termes.

«Ne cherche pas à me culpabiliser, Richard. Ne commence pas. »

En guise de réponse, il m'avait giflée à la volée.

Je l'aurais serré dans mes bras. «Merci, Richard, merci», lui avais-je dit. L'aube se levait à peine lorsque j'étais sortie du taxi, avais tendu mon bagage au portier. Signé leur fiche. On m'avait conduite à l'ascenseur. J'avais souri. J'allais pouvoir dormir seule dans un grand lit, après trois jours de lutte. Alleluia. J'avais séché quelques larmes de joie. Mon téléphone avait sonné plusieurs fois, mais je n'avais pas répondu.

Ce matin, je suis en discussion avec une dizaine de scénaristes. La femme violée ne craint pas de croiser haut les jambes pour compenser sa petite mine. J'ai très mal dormi, par-dessus le marché, la première nuit où je me réveille en sursaut — avec un homme couché sur moi alors que je suis entortillée dans mes couvertures. Je me redresse en poussant un cri épouvanté et à ce moment précis, l'écran de mon téléphone s'allume et j'ai un message. Mon cœur se met à battre.

Le message dit : «Batterie trop faible ». L'appareil s'éteint. Je le branche. La lune brille sur le jardin, coule entre les feuillages comme du sang glacé. Il est trois heures du matin. L'appareil se rallume. Je me mords un ongle, j'attends. Dehors, j'entends le hululement d'un hibou.

Puis l'appareil me dit que le réseau est indisponible. J'étouffe un gémissement, le souffle court. Au diable notre technologie. Je bous intérieurement. Combien de téléphones ont-ils volé en éclats à travers le monde, à cette seconde précise ? Volé en éclats contre un mur de pierre ou traversé une fenêtre à la vitesse d'un avion à réaction ? Je me lève et me penche au-dehors. L'air est frais. Je frissonne. Je tends l'appareil devant moi et miracle, j'attrape le réseau. Le message dit : « Tiens-toi prête, Michèle. »

Je pousse un cri de surprise. Le hibou semble me répondre. Je tape en tremblant : « Arrêtez ça. Qui êtes-vous ? » J'attends. Aucune réponse. Je dois prendre quelque chose pour me rendormir.

Je fais venir un serrurier. Je fais doubler les sécurités. Je fais poser à la porte de ma chambre une solide serrure de type coffre-fort, puis l'homme finit par me proposer de mettre le rez-de-chaussée sous alarme et j'accepte.

En dehors de Richard, tout le monde se demande quelle mouche m'a piquée. Je prétends que mon assureur m'a fait une proposition pour lutter contre la recrudescence du crime et je change de conversation.

L'homme passe l'après-midi à installer son système, ils sont deux, ils font des essais. Je ne sais pas si leur présence me rassure ou si au contraire elle m'inquiète. Je fais un signe de la main au couple qui habite la maison d'en face — leur signaler ma présence et montrer aux deux autres qu'il y a des témoins.

Je sais à quel point c'est stupide, mais je n'y peux rien. Ils partent. Ils ont installé un boîtier lumineux à l'entrée. Avec des diodes de couleur. Il y a aussi un écran où l'on voit ce qui se passe de l'autre côté de la porte.

Je vois Richard. Je lui ouvre.

Il inspecte ma nouvelle installation et me déclare que j'ai bien fait avant même que je ne lui parle du second message. « Tu as bien fait. C'est mieux. Ça va ? Remise de tes émotions ? »

Je hausse vaguement les épaules. Comment expliquer ça — entre autres — à un homme ? Comment lui expliquer ce que ça *fait* ? Je renonce et sors un poulet froid du frigo que je l'invite à partager.

Il dit : « Je profite que nous soyons tranquilles pour te parler » et je commence à me raidir, à rentrer ma tête entre les épaules. Quelque chose en moi crie : « Oh non, pour l'amour du ciel ! » car je sais vers quoi nous nous dirigeons, je sais vers quel abîme nous avançons.

Je connais ce ton qu'il vient d'employer. Je connais ce regard furtif qu'il vient de me lancer et qu'il enrobe aussitôt de son plus large sourire. Richard a longtemps cru qu'il y avait en lui un acteur — plutôt de type De Niro, selon lui — qui ne demandait qu'à s'exprimer et il a pris des cours durant toute une année : j'en ai le résultat devant moi.

Il s'écarte de la table, croise les mains sur ses genoux, se plie en deux, baisse la tête.

« Cette fois, Michèle, je t'apporte quelque chose

de solide. Crois-moi. D'ailleurs, j'en profite pour te dire que ton refus, à l'époque, était entièrement justifié. Tu avais raison, j'avais tort, je manquais de recul, je péchais par orgueil, n'en parlons plus. C'est oublié. Mais c'est grâce à toi que j'ai pris conscience de mes faiblesses et que j'ai pu me remettre à ce travail longtemps abandonné, auquel je ne croyais plus, en tenant compte de tes conseils, bien sûr. Tu ne vas pas être déçue. Je me suis défoncé, le mot n'est pas trop fort. »

Il termine son discours en se penchant et sort un sac plastique de sous la table. Et de ce sac, son nouveau scénario.

Anna trouve que ça ne vaut pas grand-chose. Je suis d'accord. Richard est un mauvais scénariste car au fond, il méprise le cinéma. Il méprise également la télévision mais elle n'a jamais présenté d'enjeu pour lui : la télé n'offre pas de reconnaissance, elle n'offre pas la richesse et la gloire. Quand je dis qu'il méprise le cinéma, c'est parce qu'il pense à lui avant tout, et ce qui ne naît pas du sacrifice reste vain. Elle est d'accord. Nous mangeons sur le pouce dans un bar du centre qui confectionne des clubs-sandwichs tout à fait décents.

Elle sait ce que ça signifie pour moi et me propose de s'en charger mais je la remercie, je décline sa proposition. C'est avant tout une affaire entre Richard et moi. Je lui dois ça. Je lui dois la vérité. Je secoue la tête en pensant à l'énormité de la tâche qui nous attend. De destruction, de reconstruction.

Comment va-t-il le prendre, cette fois ? Je lui en veux profondément de nous avoir remis dans cette voie, de nous avoir entraînés dans cette situation dont nous connaissons la dureté et les souffrances qu'elle provoque — pour l'avoir déjà vécue et que je considère comme la période la plus pénible de ma vie.

Comment peut-il nous faire revivre ça ? Comment peut-il rouvrir des plaies à peine fermées ? Qu'il soit maudit, vraiment. Quelle foudre les frappe tous ces gens persuadés de la valeur de leur travail alors qu'on les croyait sains d'esprit, capables de sentir ce qui n'était pas bon avant même d'aller jusqu'au bout de la première phrase ? Quelle boue épaisse leur ferme les yeux ? Quel aveuglement paralyse leur cerveau ? Quel dysfonctionnement se produit dans leur cervelle ? Je lui dis de passer me voir à la maison. Je m'arrête de travailler une heure avant son arrivée et j'essaie de me relaxer. Je vais ramasser quelques feuilles dans le jardin, je rattache un rosier. Je finis par des exercices de respiration.

Il entre. Je lui annonce la nouvelle. Durant une seconde, je crois qu'il va exploser mais en fait il est assommé et il se dirige vers le premier siège à sa portée.

« Whao ! fait-il.

— Richard, la qualité de ton travail n'est pas en cause. Est-ce que je te sers un verre de vin, ou quelque chose de plus fort ?

— Alors c'est quoi, si c'est pas la qualité ? J'aimerais le savoir.

— Tu sais ce que c'est. C'est une industrie. Ils ont des goûts particuliers. Ni toi ni moi n'y pouvons rien. Tu dois absolument entrer dans le moule. Tu n'y changeras rien. D'ailleurs, c'est tout à ton honneur. Gin ? Champagne ?

— Tu trouves que c'est une bonne occasion pour boire du champagne ? On doit fêter quelque chose ? Je sens que tu t'es battue pour moi comme une lionne.

— Ça ne correspond pas à ce qu'ils cherchent, Richard. Je suis payée pour le savoir. Mais d'autres peuvent être intéressés. Essaie la Gaumont. Je crois qu'ils cherchent de nouvelles choses en ce moment. Aujourd'hui, c'est changer ou être englouti.

— Est-ce que tu m'as soutenu ? Est-ce que tu as fait quelque chose ?»

Je ne réponds pas. Je lui tends un verre de gin-tonic. Il se lève et sans un mot se dirige vers la sortie.

Vincent a le même fichu caractère que lui, c'est impressionnant.

Quand nous vivions tous les trois, ils me rendaient folle. J'avais dû aménager le dernier étage pour être tranquille — à mes propres frais, Richard l'avait exigé bien qu'il gagnât nettement mieux sa vie à l'époque, mais il refusait de dépenser un euro pour satisfaire mon égoïsme — d'autres fois il disait ta lubie, ton caprice, ton cirque, il changeait.

Le ton montait inexorablement. Je me sentais prise en tenailles, coincée sur les deux flancs. L'impression de tout payer en double, d'entendre un écho.

C'est avec Vincent que je parle, à présent, et dehors un orage s'est déclenché, le ciel s'est soudain assombri et la pluie s'est mise à tomber. Il fait frais, tout à coup. L'air se charge d'une douce odeur de pourriture végétale. Il m'apprend que McDonald's l'a embauché et il espère obtenir une avance à la signature de son contrat. Il est dans sa voiture. Il me dit que ce que j'entends ce sont les énormes gouttes qui mitraillent le toit mais je n'entends rien. Il ajoute qu'il me remercie encore pour la caution, qu'il trouve ça chic de ma part, que Josie aussi me remercie.

Je profite qu'il se taise un instant pour l'interroger : « Tu *espères* obtenir une avance sur ton salaire ? Vincent ? C'est ce que tu viens de me dire ? »

Je fais mon premier feu de cheminée alors que nous arrivons fin novembre. Je me sens vieille et fatiguée en rentrant quelques bûches. La réaction de Richard suffirait presque à gâcher ma soirée — ce mouvement de mépris total, cette moue —, mais la pluie et les difficultés de Vincent à réunir la somme de son premier loyer finissent par avoir raison de mes forces et je me mets à pleurer.

Marty est là. Ce chat est resté assis à quelques mètres de moi tandis que je me faisais violer. Il dort sur mon lit. Il mange avec moi. Il me suit dans la salle de bains ou quand je vais aux toilettes ou au lit avec un homme. Il s'est arrêté et me regarde. Comme je ne pousse pas de cris, que je ne me roule pas sur le sol, il reprend l'examen de sa patte arrière, puis se la lèche longuement. Je détourne la tête.

Richard m'appelle le lendemain et me dit : « Est-ce que tu as travaillé dur pour ce rôle de garce qui te va si bien ou ça te vient naturellement ? » J'avais imaginé quelque chose de cet ordre-là. Rancœur, amertume, colère, ignominies. Je ne pense pas que son travail ne vaut rien mais je sais que personne ne mettra des millions dans ce projet et je n'ai aucun pouvoir là-dessus.

« Sans blague ! Comment peux-tu dire un truc pareil ? Espèce de conne. Qu'est-ce que tu en sais ? »

Sa voix tremble de colère contenue. Ça ne peut pas se passer autrement, bien entendu. C'est pour cette raison que je lui en veux, pour avoir déclenché le mécanisme de la machine infernale qui va de nouveau nous broyer d'une manière ou d'une autre.

« T'en prendre à moi ne rendra pas ton scénario meilleur, Richard. »

Il y a une seconde de silence pendant que je déglutis. Puis j'entends son ricanement forcé, à l'autre bout du fil — mais j'imagine en réalité sa grimace, la douleur profonde qui se répand en lui.

C'est la première fois en vingt ans que j'admets clairement que je ne suis pas folle de son travail. C'est un sujet que j'ai toujours su éviter, que je n'ai jamais abordé de front car je sentais qu'il pouvait faire vaciller l'édifice. Ce sujet était comme de l'étoupe. Et il l'est encore, mais que pouvons-nous encore perdre que nous n'avons pas perdu, aujourd'hui ?

On peut aimer un homme sans le considérer comme le meilleur scénariste de tous les temps. Combien de fois me suis-je ingéniée à lui faire passer ce message ? Quelles ressources n'ai-je pas mises en œuvre pour le convertir à mes vues ? — avant de comprendre que je ne réussirais pas, que jamais il n'accepterait vraiment une critique de ma part. Je mettais sa virilité en doute si je ne tombais pas en admiration devant son travail, je le sentais bien, et je tenais suffisamment à lui pour ne pas commettre l'irréparable, pour préserver notre relation au moyen de demi-mensonges, de demi-vérités dont il finissait toujours par s'accommoder.

Je tenais à un homme pour la première fois de ma vie et je voulais demeurer sous sa protection, c'est aussi simple que ça. Nous avions notre compte, ma mère et moi, et Richard proposait de veiller sur nous, de nous offrir de nouveau une vie normale, cela ne méritait-il pas réflexion, d'autant que physiquement il me plaisait ?

« Enfin ! Tu auras mis le temps, dit-il. Tu auras eu un peu de courage une fois dans ta vie. Bravo.

— J'ai reçu un nouveau message.

— Quoi ?

— J'ai reçu un nouveau message de l'homme qui m'a violée.

— Non, mais tu plaisantes, j'espère ! Tu as reçu *quoi* ?

— Tu es sourd, Richard ? »

Je n'ai pas vu mon père depuis trente ans, je ne lui ai pas parlé, et cependant il me fait parvenir un Polaroid de lui que ma mère pose sur la table. Je me penche pour regarder. J'ai du mal à le reconnaître — le Polaroid lui-même n'est pas d'excellente qualité. Je me redresse et hausse les épaules. Ma mère me regarde, espérant un commentaire de ma part, mais je n'en ai pas à faire.

« Tu vois comme il est maigre, me dit-elle. Je ne te racontais pas d'histoires.

— Ils n'ont qu'à le nourrir de force, dis-je. Ils n'ont qu'à faire leur travail. »

Nous sommes à une terrasse donnant sur la Seine. Les pluies de la veille ont accéléré la chute des feuilles et l'on aperçoit des nids noirs, qui semblent abandonnés, accrochés aux branches nues des marronniers. Il fait bon, cependant. J'ai accepté de la voir à l'heure du repas alors que je suis débordée et dois rejoindre Anna pour une projection à l'autre bout de la ville.

Je commande une salade avec des gésiers. Ma mère une andouillette de Troyes. De la Badoit pour deux. « Tu perds ton temps, maman. Je n'irai pas le voir. » J'ai le bout du nez froid. Il fait beau mais de l'air frais est descendu.

« Il est vieux, maintenant. Tu es sa fille.

— Ça ne veut plus rien dire, pour moi. Que je sois sa fille. Ça ne signifie plus rien.

— Il te prendrait la main une minute et le tour

serait joué. Tu n'aurais même pas besoin de parler. Il diminue de jour en jour, tu sais.

— Ne te fatigue pas. Mange. »

Je ne comprends pas cette volonté qui est la sienne désormais d'adoucir la fin de cet homme. Toutes ces familles en larmes, toutes ces familles furieuses, les a-t-elle oubliées ? Et tout ce que nous avons dû supporter durant des années à cause de lui, de ce qu'il avait fait, l'a-t-elle effacé de son cerveau ?

« J'ai fini par apprendre la clémence, Michèle.

— Oh ça ? Oui, j'en ai entendu parler, il paraît que c'est bien. Tu en es contente ? Je t'envie, tu sais, d'avoir une mémoire aussi merdique, il n'y a pas d'autre mot. Merdique. Totalement *merdique.* »

Quand je rejoins Anna, je suis encore furieuse. « Nous avons vécu l'enfer à cause de lui, tu le sais n'est-ce pas, et dans son coin elle décide qu'il est temps d'effacer le passé, comme ça, d'un coup de baguette magique, mais je rêve !, je rêve, non ? Tu ne crois pas que cette vieille femme devient folle ? » Anna me tend une boîte de chewing-gums. J'en prends un. Mâcher me fait du bien. Au fond de moi, je rêve de la faire enfermer. Avec lui, si elle veut, si vraiment elle y tient. Bye bye, maman. C'est là que nos routes se séparent. J'en rêve. J'ai honte d'avoir de telles pensées, mais j'en rêve.

La vie dissolue qu'elle mène — en contradiction avec ce rôle de bonne âme qu'elle joue auprès de mon père — m'agace déjà passablement. Elle ne doit pas tirer sur la corde. Elle a tort de penser qu'elle va pouvoir me pousser à cette ultime rencontre, elle présume de ses forces.

Mon petit ami de l'époque, dont j'étais follement amoureuse, m'a craché à la figure quand mon père a été arrêté — et je ne connais rien qui puisse briser le cœur de cette façon.

Le soir tombe lorsque je rentre chez moi. Désormais, je ne descends plus de voiture qu'avec ma bombe à la main et munie d'une lampe-torche de l'armée dont le poids et la taille sont censés donner un avantage décisif sur l'adversaire — selon l'armurier claquant l'engin en souriant dans sa paume. Je parcours à reculons, sans traîner, une partie de la cinquantaine de mètres séparant mon garage de la porte d'entrée. Le voisin d'en face m'envoie un geste amical, puis un autre pour me demander si tout va bien. Je hoche vigoureusement la tête.

Une voiture sombre est garée près de chez moi, un peu en retrait, à demi cachée par un massif à feuilles persistantes. C'est la deuxième nuit que je la vois. Hier, je n'avais pas assez de courage et je tergiversais. Ce soir, je suis prête. Tout à l'heure, quand elle s'est garée, la nuit tombait et j'étais devant la fenêtre, occupée à rincer du riz. Je me suis redressée.

Il ne fait plus assez jour pour distinguer quoi que ce soit à l'intérieur du véhicule — que je ne parviens même pas à identifier, quelconque, la lune n'offrant qu'un pâle quartier que ternit un voile nuageux étiré en altitude —, mais je sais qu'il est

là, derrière le volant, que ses pensées sont diri-
gées vers moi, qu'elles cherchent farouchement
à m'atteindre.

Je suis calme. Concentrée et tendue. Je n'ai pas
peur. J'ai eu plusieurs fois l'occasion de constater
que la peur disparaît lorsque l'on ne peut plus
reculer et je suis dans cette situation. Je suis
déterminée. J'attends. Qu'il vienne à moi. Je me
suis installée dans la pénombre, attendant qu'il
sorte. Je suis prête à l'accueillir. À l'arroser de
gaz, à lui faire payer. Il est à peine dix heures mais
plus personne n'est dehors par ici en novembre,
après la tombée du soir. La voie est libre pour lui.

Tout à coup, je n'en reviens pas, je vois briller la
lueur d'un allume-cigare. « Il plaisante ! » m'écrié-
je, proprement stupéfaite.

À onze heures, il allume sa troisième cigarette. Je
me retiens de ne pas pousser un cri de rage.
Impossible d'en supporter plus. Oubliant toute
prudence, toute consigne de sécurité, je décide
d'aller à lui puisqu'il ne vient pas à moi. J'entre-
bâille la porte accroupie sur les talons, et me
glisse à l'extérieur en me mordant les lèvres. Je
contourne la maison afin de le prendre à revers
— le souffle court, les jambes tremblantes, les
mâchoires serrées, armée de ma lampe-torche,
de mon aérosol, de mon irrépressible désir d'en
finir.

Je n'ai plus qu'une vague brûlure en souvenir de
lui, quelques bleus qui s'estompent, mais ce n'est
pas ce que je ressens physiquement qui importe
— encore une fois, j'ai eu quelques expériences

que je considère bien pires si je m'en tiens à la pénétration stricto sensu —, ce qui importe est ce que je ressens *mentalement*, ce qui importe est ce qu'il m'a pris *de force* et qui arme à cet instant mon bras.

Je dois profiter de l'effet de surprise, prendre exemple sur lui. J'étais encore sous le choc lorsqu'il m'avait plaquée au sol, et mon cœur ne s'était pas encore remis à battre qu'il déchirait ma culotte, et je n'avais pas encore compris ce qui m'arrivait qu'il s'enfonçait en moi et me possédait.

Je prends ma respiration. Rassemble mes forces. J'hésite à faire demi-tour, me tordant la bouche en silence, puis mon bras et la torche de l'armée décrivent un même arc de cercle et la vitre côté passager explose dans un souffle.

J'entends un cri mais je suis déjà en train d'asperger l'habitacle, le bras tendu à l'intérieur — et si près de l'orgasme, réellement, durant une seconde, tandis que je vide ma bombe en direction de la forme qui se convulse sur la banquette, que je ne reconnais pas immédiatement ce pauvre Richard, lequel semble sur le point d'avoir une syncope mais parvient à ouvrir la portière côté passager et se laisse choir sur la chaussée en gémissant.

J'ai oublié que Richard est aussi cet homme-là, soucieux de ma sécurité malgré l'âpreté de nos rapports, et je regrette de l'avoir blessé à propos de son travail, même si c'était nécessaire. Ses yeux ont un aspect terrible : rouges, gonflés, injectés de sang. Je le raccompagne car il est incapable de conduire.

Il y a une femme dans sa vie. Je le découvre à cette occasion. La voiture dont j'ai fracassé la vitre lui appartient.

Non pas que je sois jalouse. Richard et moi sommes séparés depuis bientôt trois ans et j'ai aussitôt mis quelques femmes sur son chemin pour lui rendre l'épreuve du divorce aussi peu douloureuse que possible. Je ne suis pas jalouse, mais je ne suis pas non plus indifférente. Il y a beaucoup de femmes dans ce milieu, cet univers les attire, et il s'en trouvait toujours quelques-unes pour estimer qu'un scénariste qui avait eu deux ou trois succès et connaissait du monde tout en étant plutôt bien fait de sa personne valait qu'on s'y intéresse. Je ne voulais pas qu'elles soient trop intelligentes non plus, capables de dévorer un homme jusqu'à l'os, d'échafauder des plans machiavéliques. Je me méfiais de celles qui avaient de gros seins, mais aussi de celles qui avaient lu Sherwood Anderson ou Virginia Woolf et qui n'en auraient fait qu'une bouchée.

Hélène Zacharian. J'établis un constat amiable au nom de cette femme.

« C'est *une* amie, pas *mon* amie, dit-il.

— Je ne te demande rien. »

Je signe le constat et le place dans la boîte à gants tandis qu'il m'observe de ses yeux larmoyants, irrités. Je m'apitoie, je lui souris. Je monte quelques minutes, le temps d'appeler un taxi. Tandis qu'avec des kleenex, il se confectionne des compresses d'eau froide, je jette un rapide coup d'œil autour de moi et bien qu'aucun vêtement ou objet ne révèle une présence féminine, je sens qu'une femme vit ici, que du moins elle y passe un certain temps. Je vais même plus loin : elle était encore là il y a quelques heures.

J'en apprends plus avec Vincent qui semble disposé à me parler de la nouvelle compagne de son père. Il surjoue l'étonnement. Je n'étais pas au courant ? Comment est-ce possible ? Il y a cinq minutes, il portait encore une chemise jaune, un pantalon bleu marine et une casquette rouge brodée McDonald's enfoncée sur le crâne, je l'observais du trottoir, nettoyant des tables, empilant des plateaux, comme errant au milieu de décombres, et j'ai dû tourner la tête. Un vent frais remonte l'avenue telle une flamme invisible. Je viens d'un rendez-vous avec un écrivain qui a accepté d'écrire un scénario tiré de son roman après avoir fait un rapide calcul. Un type intéressant que j'ai décidé de ne pas perdre de vue.

Si j'en crois Vincent, ils sont ensemble depuis quelques semaines et elle est beaucoup plus jeune que moi. « Je ne comprends pas qu'il ne t'en ait pas parlé. »

C'est à la fois étrange et clair — comme ça l'est pour lui, bien entendu.

Deux étages nous séparent. Hélène Zacharian travaille au trente-deuxième, chez Hexagone. AV Productions est au trentième. Vincent pense que nous pourrions en profiter elle et moi pour prendre nos repas ensemble, mais ça ne me fait pas rire.

Comment va Josie ? Elle va bien. Elle est énorme. Elle a pris trente kilos, peut-être davantage. Elle ne peut plus guère bouger et reste allongée devant la télé. Je lui touche le bras et lui demande s'il est bien sûr de lui. Il me lance un regard méprisant et repousse ma main comme s'il s'agissait d'une chose hideuse — l'ingrat, un enfant que j'ai porté en moi, que j'ai fabriqué de toutes pièces, que j'ai tiré du néant !

Je suis un peu vexée d'avoir été tenue à l'écart, d'autant plus que je ne m'y attendais pas. Je suis un peu troublée à l'idée que Richard puisse refaire sa vie.

Oh, me voilà démoralisée pour le restant de la journée. Je fais une tentative du côté d'Anna mais décline son invitation en apprenant que Robert est rentré — cet exercice malsain auquel nous nous livrons régulièrement devant elle pour ne pas nous trahir et qui selon lui « pimente » notre relation me met désormais à la torture.

La nuit vient et j'essaie de travailler un moment ou de regarder un film mais j'abandonne, incapable de me concentrer. Je sors. Je vais fumer une cigarette dehors, mais je reste près de la porte, mon Guardian Angel avec moi. Nous sommes en décembre et il ne fait plus frais mais froid pour la première fois, la nuit est d'un noir d'encre, le ciel parfaitement dégagé, le croissant de lune mince comme un fil d'acier, sans clarté. Il est tard. Plongés dans l'obscurité silencieuse, les alentours

ont un air menaçant. Et pourtant cette menace
attire, tient en éveil, électrise au plus profond de
soi. En fait, je crois que je suis folle, je crois que
j'aimerais qu'il soit là, tapi dans l'ombre, qu'il
surgisse, et que nous en venions aux mains, que
je me mesure à lui, de toutes mes forces, à coups
de pied, à coups de poing, à coups de dents, que
j'empoigne ses cheveux, que je l'attache nu au
bord de ma fenêtre. Seigneur, comment puis-je
avoir de si effroyables pensées ?
Si j'étais une femme raisonnable, je cesserais de
payer l'appartement de ma mère et l'installerais
à la maison. Mon comptable, qui est un homme
au physique déplaisant, au regard chafouin, mais
s'est toujours montré de bon conseil, m'invite à
considérer l'avenir avec prudence et c'est lui qui
me soumet cette idée concernant le loyer d'Irène.
Réflexion faite, je m'y résoudrais sans doute si
j'étais une femme raisonnable, mais la raison n'a
guère de place ici, je n'ai tout simplement plus
l'énergie nécessaire pour cohabiter avec elle — ni
le goût, ni la patience, ni l'envie. Je secoue la tête.
J'ai conscience que plus rien ne sera facile, que
les années fastes sont derrière nous, que nous
avons définitivement mangé notre pain blanc,
qu'il convient de se mettre à l'abri, de réduire ses
dépenses, d'économiser, etc., mais mieux vaut
parfois mourir que de vivre à moitié, dans une
sorte de folie et d'irritation permanentes. Je lui
dis que je vais y réfléchir.
J'ai passé une très mauvaise nuit à ruminer les
événements de la veille, à méditer sur le fait que

Richard ait rencontré une femme, sur le retour de Robert, sur l'absurde couple que forment Vincent et Josie, sur la nauséeuse relation que j'entretiens avec ma mère et sur ces épouvantables images qui me traversent l'esprit si je pense à mon agresseur. Une nuit affreuse, mortifère, dont une poignée de pilules n'a pu venir à bout. Si bien que j'aurais souhaité commencer la journée autrement que par une visite de mon comptable venant m'annoncer que les temps sont durs, le redressement de l'Europe incertain, l'avenir sombre. Mais ce n'est pas fini. J'ai à peine le temps de prendre une aspirine que Robert se glisse dans mon bureau et referme la porte dans son dos — avec précaution, un doigt sur la bouche. «Excuse-moi, Robert, mais je...» Je vais lui expliquer que je suis en plein travail et qu'il me dérange, mais en un clin d'œil il est sur moi et se jette sur mes lèvres. Si j'ai pu dire qu'il était un amant honorable, je dois avouer que je ne suis pas grande amatrice de ses baisers humides, de cette façon qu'il a d'enfoncer sa langue dans ma bouche avec la délicatesse d'un adolescent mal luné. Lorsque je parviens à décoller nos lèvres, il ouvre sa braguette et me dit que je peux le caresser. «Dans ce cas, mets-toi au-dessus de la corbeille», dis-je.

En fin de matinée, je profite d'un moment de répit après un rendez-vous assommant avec le directeur des programmes d'une chaîne câblée — qui était encore cadre chez L'Oréal le mois dernier et pense que *Mad Men* est un documentaire sur un hôpital psychiatrique — pour mener mon enquête chez Hexagone.

Effectivement, Hélène Zacharian et moi travaillons dans la même tour, à deux étages d'intervalle, et c'est une ravissante brune à l'œil vif, employée à la réception, et qu'il me semble avoir déjà croisée quelquefois dans l'ascenseur. Je crois que je peux me faire du souci.

«Je suis l'ex de Richard», dis-je en lui tendant la main par-dessus le comptoir de verre dépoli, souriant franchement, tâchant de prendre l'air le plus enjoué possible.

«Oh enchantée, quelle joie, me répond-elle en me serrant la main avec chaleur.

— Il faudra que nous nous rencontrions, un de ces jours, dis-je. Au moins, Richard n'a plus à nous présenter.

— Mais oui… Bien sûr. Quand vous voulez.

— Eh bien, disons la semaine prochaine. Je vois les détails avec Richard. Ne vous occupez de rien.»

Je redescends à pied car je ne veux pas attendre l'ascenseur dans le hall, sous son regard. Mes talons cliquettent nerveusement sur les marches en béton de l'escalier de secours tandis que je bats en retraite.

Disons la vérité : je suis plutôt de quinze ans son aînée et elle est aussi bien que je le craignais.

Tant que ma mère avait refusé de déménager, nous avions subi toutes les brimades, tous les tourments du monde. J'avais plus de vingt ans — mon père était en isolement depuis cinq et

s'était vu décerner le prix de « Monstre d'Aquitaine » pour avoir abattu soixante-dix enfants
dans un camp de vacances en bordure de l'océan
— lorsque j'avais rencontré Richard, et non
seulement il est le gardien de mes jeunes années,
leur seul témoin en dehors d'Irène, mais il est
aussi celui qui a changé ma vie, qui nous a sau-
vées ma mère et moi, de quelque manière que je
le prenne, et j'ai soudain peur que tout ça disparaisse.

C'est la première fois de ma vie que j'ai le sentiment de pouvoir perdre Richard et j'accuse
le coup. Anna me serre un instant contre son
épaule, m'embrasse le front et commande deux
croque-monsieur et deux salades à l'huile d'olive
des Abruzzes avec de l'eau plate.

Ensuite nous allons au cinéma, puis elle me raccompagne, puis il lui prend de vouloir fumer une
dernière cigarette devant chez moi avant de rentrer. Nous relevons nos cols, fumons en gardant
nos gants. Je lui dis qu'elle a évité à cette soirée
de sombrer dans la morosité. Elle me répond :
« Très bien. À charge de revanche. » Je lève la tête
pour inspecter le ciel brillamment étoilé, cette
fois. « J'ai été violée, Anna. C'est arrivé il y a
presque deux semaines. »

Sans quitter le firmament des yeux, j'attends sa
réaction mais elle ne vient pas, à croire qu'elle est
morte ou qu'elle est devenue sourde tout à coup
ou qu'elle ne m'écoute pas. « Tu m'as entendue ? » Je sens sa main se refermer sur mon bras.
Puis elle tourne vers moi un visage blanc. Pétrifié.

Avant de me serrer contre elle. Et nous restons immobiles. Mortellement silencieuses. Profondément stupides. Je sens son souffle dans mon cou.

Nous rentrons. Elle jette son manteau sur le canapé. J'allume le feu. Nous nous dévisageons une fois de plus. Après quoi elle reprend sa respiration et ne me demande pas comment je me sens. Elle sait. Bien sûr. Elle me reproche alors d'avoir attendu si longtemps pour la mettre au courant et j'essaye de lui expliquer dans quel état d'incertitude je me trouvais et que certes, j'avais été tentée d'enterrer cette histoire dans un premier temps. « Oh écoute, dis-je, ce n'était pas simple. Je n'ai pas réellement souffert, je ne suis pas tombée sur Patrick Bateman, d'accord ? Je pouvais très bien fermer les yeux, n'en parler à personne. C'était le plus facile. Je ne savais pas quoi faire, tu sais.

— Me cacher une telle histoire. Bon sang.

— En dehors de Richard, tu es la première personne à qui j'en parle.

— Que tu en parles à Richard et que tu ne m'en parles pas à moi. Vas-y. Explique-moi ça ! »

Je viens m'asseoir près d'elle et nous regardons grandir le feu, les flammes s'élever vers le conduit de cheminée ronflant. Plus le temps passe et plus je suis désolée d'avoir cédé aux avances de Robert et de faire perdurer notre liaison. Je pense au prix qu'il y aurait à payer si jamais elle le découvrait et je tremble à côté d'elle. Je pense à la lâcheté dont je fais preuve, à l'absolu mauvais exemple que je suis, et je frissonne sans retenue jusqu'à ce qu'elle me caresse le dos en me répétant que tout va bien, là, là, comme si je m'apprêtais à fondre en larmes.

Anna m'a raconté que j'avais poussé des hurlements, sans interruption, depuis le moment où j'avais été admise, de bon matin, jusqu'au soir, tard, où j'avais enfin accouché — délivré mon corps dans un dernier, épouvantable tourment, de la créature intraitable qui l'habitait et le persécutait, par exemple, nuit et jour, lui tordait la vessie ou l'affamait et le privait de cigarette.

Elle était dans la chambre d'à côté et venait de perdre son enfant et mes cris l'auraient rendue folle, m'a-t-elle dit, si elle n'avait fini par se lever et n'était venue me tenir compagnie. J'avais espacé mes gémissements et nous étions demeurées quelques heures ensemble et le drame qu'elle avait vécu, me disait-elle, serait plus facile à supporter grâce à l'enfant que j'allais mettre au monde, en compensation du sien.

Ce matin, Josie a trouvé du sang dans sa culotte et ils ont filé à l'hôpital où je les rejoins avec du café et des croissants achetés à la cafétéria. Elle apprécie que je sois venue et il est important pour moi qu'elle ne me considère pas comme une ennemie si je veux pouvoir garder un œil sur la situation que Vincent ne semble maîtriser d'aucune manière.

« Si c'est maintenant, elle est en avance, m'explique Vincent.

— Vincent, ta mère sait compter », dit Josie.

Il ne faut pas grand-chose pour se rendre compte de l'atmosphère qui règne au sein d'un couple, une simple remarque, parfois un seul regard, un seul silence, et tout est dit. Sur ce, une infirmière emmène Josie et Vincent m'informe qu'il est décidé à reconnaître l'enfant — et je pense aussitôt : pourquoi enfanter de pareils imbéciles ? Je me suis juré de ne plus intervenir sur cette vie qu'ils ont décidé de mettre en place, mais je ne peux m'y tenir davantage.

« Est-ce qu'il t'arrive de réfléchir, parfois ? Est-ce que tu sais dans quoi tu t'engages ? C'est une prison, Vincent, tu pousses les portes d'une prison, ne détourne pas les yeux, mon fils, regarde la réalité en face. Tu m'entends, c'est une cage. Ce sont des chaînes. Une prison. » J'abandonne d'un signe de la main avant même qu'il n'ouvre la bouche pour me répondre — il m'a déjà fusillée du regard, il a pâli, une veine a palpité à son front, je suis la pire chose qui lui soit jamais arrivée dans la vie.

Josie revient sur une civière et, l'air grave, annonce qu'elle va accoucher dans l'heure qui suit. Je croise le regard de Vincent avant qu'il ne s'élance à la suite de Josie et ce regard est celui d'un enfant effrayé — que je ne cherche absolument pas à rassurer. Je suis persuadée qu'ils ne tiendront pas longtemps. Vivre dans cette ville suppose un minimum d'argent, que visiblement ils n'ont pas, et tout ira très vite. Simplement, la vie qu'ils reprendront sera un peu plus compliquée qu'elle ne l'était au départ, un peu plus difficile à démêler, mais on ne peut revenir en arrière, ce qui est fait est fait.

Je ne voudrais pas être à la place de Josie. Si je pense à l'épreuve qui l'attend, je suis capable de me sentir mal. Lorsque j'entends certaines femmes déclarer qu'elles ont vécu leur accouchement comme un orgasme, je leur éclate de rire à la figure. J'ai rarement entendu une telle idiotie — on croirait entendre de vieilles rescapées de l'époque ancienne, la cervelle cuite par le soleil et en redescente d'acide. Mille morts. Voilà ce que j'ai enduré pour avoir Vincent. Mille morts, pas mille délices. Soyons sérieuses. N'ayons pas peur de dire la vérité.

C'est une belle journée, froide et lumineuse. L'air sent bon. J'en profite pour me promener en ville — sans quitter les rues animées. J'envoie un message à Vincent pour lui demander s'il n'a besoin de rien mais je déduis de sa réponse lapidaire qu'il n'est pas mieux disposé à mon égard.

Je tente plusieurs appels dans l'après-midi mais il ne les prend pas. Puis j'ai une longue séance de travail avec les deux auteurs d'une série qui vivent chaque coupe que je leur demande, chaque rectification, chaque coup de crayon rouge comme une agression personnelle, comme un coup bas, comme une atteinte à leur génie — l'un d'eux finit même par frapper du poing sur le bureau puis sort dans le couloir en claquant la porte. Quand il revient, il semble calmé, et nous poursuivons jusqu'au problème suivant qui ne tarde pas à se poser.

Je ne les libère qu'au crépuscule et ils sont d'une humeur massacrante. Je suis sidérée par la taille de leur ego, par l'assurance qu'ils ont de leur valeur quand ils ne sont que rarement bons et le plus souvent médiocres. Nous nous quittons sur le parking avec de vagues salutations et je crois déceler dans le sourire étrange de l'un d'eux — un blond d'une trentaine d'années au visage anguleux, aux cheveux filasse — un éclat de pur mépris et je pense voilà le genre de type que ce pourrait être, voilà tout à fait le genre de type que ce serait, un type que j'aurais malmené, dont j'aurais critiqué le travail, un type dont j'aurais mis l'intelligence, la supériorité, la qualité en doute. Surtout venant d'une femme. La nuit est tombée. Je n'aimerais pas me trouver seule avec lui au milieu d'un champ.

Vincent m'appelle enfin d'une cabine — plus de forfait — tandis que je suis au Louvre, dans les embouteillages — la Concorde est un océan de feux rouges animé de vagues courants intérieurs, lents et mystérieux.

«Putain, maman, c'est un garçon ! me hurle-t-il à l'oreille au comble de l'excitation.

— Oui, d'accord, Vincent… mais ce n'est pas *ton* garçon. Ne perds pas ça de vue.

— Je suis super heureux, tu sais. Super heureux. »

Il souffle comme s'il sautait à la corde.

«Tu m'as entendue, Vincent ?

— Quoi ? Non, qu'est-ce que t'as dit ?

— Je disais que ce n'était pas *vraiment* le tien,

Vincent. C'est tout ce que je disais. Et il pèse combien ?»

Un silence glacé se fait au bout de la ligne. «Il est à qui, si c'est pas le mien ?» fait-il soudain, sur un ton qui a nettement changé. Je sens venir l'orage, là je ne crois pas me tromper, mais on ne peut rien y faire. «Il est à toi ? reprend-il d'une voix sifflante, il est à qui alors, il est au pape ?

— Il est à son père, j'imagine. Et tu n'es pas son père, Vincent.»

Je sais ce qu'il fait : il est en train de frapper le combiné contre un mur ou quoi que ce soit d'autre. Un pur mouvement de rage. Ce n'est pas la première fois qu'il s'adonne à cet exercice. Il m'a confié qu'en vérité ce n'est pas exactement le téléphone qu'il désire pulvériser dans ces moments-là. «Vincent, lui ai-je dit, j'attends avec impatience le jour où tu lèveras la main sur moi» — puis nous avons bu à la santé l'un de l'autre car nous étions de bonne humeur ce soir-là et parvenions à rire de nous-mêmes sans arrière-pensées.

Je n'ai rien caché à ce garçon de l'enfer où m'avait précipitée sa venue au monde, mais je ne lui ai jamais dit quel amour insensé j'ai éprouvé pour lui — que j'aime toujours de tout mon cœur, sans doute, Vincent est mon fils, mais tout finit par tiédir au fil du temps. Je n'ai pas spécialement apprécié d'avoir à lui donner le sein, mais ensuite quel bonheur ne m'a-t-il pas donné, quelle plénitude — sentiment neuf, insoupçonné — ne m'a-t-il pas fait connaître, quelle joie sans fin d'être mère ne m'a-t-il pas accordée — disons jusqu'au moment où sont apparues les premières filles.

Vincent, cet enfant, c'est de l'avoir conçu qui m'a sauvée du naufrage mental où m'entraînait mon père, c'est lui qui m'a fait renaître, cette merveille du monde si éloignée du rustre inconséquent que je côtoie aujourd'hui et qui s'apprête à devenir le père d'un enfant qui n'est pas le sien après en avoir épousé la mère. Ce genre d'histoire se termine bien une fois sur mille, or si personne ne se charge de le lui dire, en dehors de moi, qui va le faire ?

Certainement pas Richard qui semble avoir d'autres priorités ces temps-ci — j'admets ne pas être aussi indifférente que je le devrais au regard de cette nouvelle vie qu'il ambitionne sans même se donner la peine de m'en avertir, oh je sais qu'il n'a aucune obligation de le faire, mais nous avons vécu ensemble pendant vingt ans, j'ai couché avec lui pendant vingt ans, j'ai mangé en face de lui, nous avons partagé la salle de bains, la voiture, les ordinateurs, bref, alors je ne sais pas, je ne sais pas s'il me doit quelque chose, je ne sais pas si je mérite d'être tenue au courant de ses projets, je ne sais pas si je suis autre chose qu'une merde de chien, pour lui, enfin je me le demande quelquefois. Certainement pas lui, donc, qui a fini par prendre la défense de son fils de façon systématique à mesure que les rapports de notre couple se détérioraient et qu'il voyait ses projets cinématographiques immanquablement reconduits.

Je l'appelle malgré tout pour lui en parler et il me dit : « Je suis à l'hôpital. » Mon sang reflue dans mes veines et je manque d'emboutir le véhicule qui me précède mais il ajoute : « Je suis sorti fumer une cigarette. Vincent ne veut pas te parler. »

Je sens que je ne devrais pas être ici, mais là-bas, et la présence de Richard sur les lieux me culpabilise. « Je voulais m'assurer de ton concours, dis-je. J'aimerais que tu en profites pour lui parler et lui faire entendre qu'il ne doit pas se précipiter et engager sa vie à la légère. Allô ? Tu m'entends ?

— Je crois qu'il n'y a pas de bonne manière d'engager sa vie.

— Il y en a une mauvaise, crois-moi. Il ne sait rien. C'est encore un petit garçon, tu ne le vois donc pas ? Je ne dis pas que c'est une mauvaise fille, je ne critique pas son choix, mais c'est juste un peu *trop tôt*, non, ça ne te saute pas aux yeux ? Tu ne vois pas dans quoi ils se jettent la tête la première ? Je me demande si tu prends le temps de les observer, si tu en as encore le temps, je m'excuse, Richard, mais c'est une question que je peux honnêtement me poser.

— Tranquillise-toi.

— Je m'inquiète, au contraire. Tu sais, je ne suis pas sûre que tu sois l'homme de la situation. Mais bon, écoute-moi. J'organise un repas à la maison dès que Josie rentrera de l'hôpital. La famille sera réunie. Anna et Robert seront là, ma mère aussi. J'ai aussi invité ton amie. Alors j'ai pensé que tu

pourrais m'aider. Tu sais que je l'ai trouvée charmante. Tu pourrais te charger des courses, qu'en
dis-tu ? Tu nous présenteras ta nouvelle fiancée. »
Je jurerais l'entendre grincer des dents et je vois
très bien son air s'assombrir, ses épaules s'affais-
ser. « Je n'en fais pas une montagne, ajouté-je,
mais j'aurais préféré l'apprendre de ta bouche. »
Je raccroche avant qu'il ne le fasse — je ne prétends pas avoir le meilleur caractère du monde
et je peux me conduire en vraie garce, je n'en
doute pas, mais j'estime qu'il l'a mérité. Il m'a
blessée. Je finis par me sortir de la Concorde et
m'engage sur le pont du même nom, les dents
serrées, le regard embué. Je viens juste de m'apercevoir qu'en fait, je n'ai plus ni mari, ni fils, ni
père. Je longe les quais, je regarde les péniches,
les monstrueux bateaux-mouches, les campe-
ments de sans-abri. Je n'en déduis rien, c'est une
constatation. Le vide s'est installé autour de moi
et je suis comme prise au dépourvu, décontenancée.
En arrivant chez moi, je tombe littéralement sur
le voisin qui habite la maison d'en face, Patrick je-
ne-sais-plus-comment. Il apparaît dans la lueur
des phares puis traverse l'allée en titubant, se
tenant la tête, et se dirigeant vers moi tandis que
je descends de voiture. « Rentrez chez vous en
vitesse, me dit-il. Il y a un rôdeur dans le coin !
— Qu'est-ce que vous dites ?
— Rentrez chez vous, Michèle. Ne restez pas
dehors. Ce connard a failli m'assommer. Rentrez, enfermez-vous, je vais jeter un coup d'œil.

— Je peux vous prêter une lampe-torche, si vous voulez. Ça va ? Vous n'êtes pas blessé, au moins ?
— Non, allez-y. Ne vous inquiétez pas. Je vous la rendrai demain. Allez-y. Il ferait mieux de s'arranger pour que je ne mette pas la main sur lui, un conseil que je lui donne. »

Ses paroles ont un goût de sang, un jet de vapeur fuse de ses narines dans l'air doublement froid de la nuit.

Je ne suis pas une personne célèbre, mon nom est sur ma boîte aux lettres et n'importe qui peut en prendre connaissance, mais je suis cependant étonnée qu'il m'ait appelée par mon prénom, comme si c'était une chose naturelle alors que nous n'avons jamais échangé plus de trois mots et quelques signes de tête depuis qu'ils se sont installés au printemps dernier, bonjour, bonsoir. Je ne sais pas très bien quoi en penser. Je débranche mon alarme et le fais entrer.

« Ma femme en tremble encore », m'annonce-t-il. Nous gagnons la cuisine. Je lui donne la lampe. Je lui sers un verre d'eau. Je ne sais même pas qui il est, réellement. Il veut que je note son numéro de téléphone et que je n'hésite pas à l'appeler à n'importe quelle heure du jour ou de la nuit en cas de problème. Il me dit que les voisins servent à ça, puis il s'élance dans la nuit à la poursuite de son assaillant.

Il y a de fortes chances pour qu'il s'agisse du même homme, selon moi, et d'une certaine manière je regrette que Patrick l'ait mis en fuite. Non que j'aie une idée ou un désir précis en tête ou quoi que ce soit qui puisse justifier l'attirance morbide qu'il exerce sur moi. Mais à l'idée que vraisemblablement il me guettait, que cette nuit allait peut-être soulever un voile, que nous allions régler cette histoire sans plus attendre — quel que soit le prix à payer —, l'intervention de Patrick me laisse le goût amer de l'occasion gâchée.

Mais Patrick est un brave garçon, cadre dans une banque, encore étonné de tout l'argent qu'il a ramassé, de tous les avantages qui lui ont permis de devenir propriétaire très vite, avant que n'advienne la Grande Crise de 2007 qui nous a conduits là où nous sommes et qui n'en finit plus. Il me rapporte ma lampe-torche de bon matin, s'enquiert de la qualité de mon sommeil après les événements de la nuit passée.

« Tâchons de ne pas transformer cet incident en drame, Patrick. Ça n'en vaut pas la peine.

— La police m'a promis de multiplier les patrouilles dans le secteur.

— Parfait. Vous savez, je ne voudrais pas avoir à vous emmener à l'hôpital avec un couteau dans le dos ou le crâne fendu par une bûche. Alors montrez-moi que vous savez vous conduire un peu plus prudemment que la nuit dernière. Je vous en prie, ne faites plus de zèle. Vous êtes jeune. N'allez pas finir sur une civière ou Dieu sait quoi. »

Je pense qu'il est du genre à faire du squash avec le patron de son agence, car il paraît en forme. Nous avions un gros chien lorsque j'étais enfant et le problème venait de ce que nous n'arrivions pas à le fatiguer, mon père avait beau le sortir pendant des heures quand il revenait de son travail, rien n'y faisait et la nuit nous entendions l'animal aller et venir dans la cuisine, inépuisable — jusqu'à ce que mon père finisse par l'abattre. C'est l'effet que me fait Patrick, c'est une boule d'énergie, mais d'une énergie un peu vaine, inutile. Lorsque sa femme et lui étaient venus se présenter, au moment de leur installation, je ne l'avais pas remarqué, j'avais fait une plaisanterie à propos du fait d'avoir un banquier pour voisin par les temps qui couraient, comme de connaître un paysan en période de famine, et il avait mis du temps à réagir, sa poignée de main était molle et sincèrement, je n'avais pas détecté l'homme d'action, le fonceur en lui. Le changement est surprenant. Je ne serais pas surprise qu'il prenne de la DHEA ou une amphétamine quelconque — mais on prétend qu'il faut avoir des nerfs d'acier dans la finance, que ces petits chéris subissent d'abominables pressions en fonction des cours. «En tout cas, merci infiniment, Patrick», dis-je en serrant le col de ma robe de chambre autour de ma gorge car il fait beau mais le soleil ne dégage pratiquement plus aucune chaleur et il souffle un air froid qui frissonne dans les arbres et au milieu des broussailles. «Je suis grand-mère», ajouté-je tandis qu'il me salue avec le sourire.

Je ne sais pas pourquoi je dis ça — ni ce que ça signifie au juste —, mais je n'en attends certainement pas un compliment. «Oh, félicitations!» répond-il en me regardant droit dans les yeux.

Je passe la journée à la maison, au milieu de mes scénarios, ne m'accordant qu'une promenade dans le bois avoisinant, bien couverte, un bonnet sur la tête, profitant d'une belle lumière, d'une fraîcheur acidulée, d'un tapis de feuilles mordorées, de cris d'oiseaux, et de la tranquillité, du calme subtil d'un après-midi automnal — au terme de kilomètres d'annotations, propositions, remarques, listes d'incohérences, lourdeurs, banalités, passages à revoir, développer, clarifier, jeter, soulignés au stylo rouge, une fois, deux fois, trois fois, ad nauseam, sans rien trouver de vraiment satisfaisant. Quelques sous-bois sont encore brumeux, quelques bosquets restent sombres, mais je ne m'aventure pas en dehors des allées. Il y a une table d'orientation, au sommet de la butte, où sont agglutinés des retraités en tenue de compétition — collant en élasthanne, bandeau fluo, baskets futuristes, téléphone fixé au bras, écouteurs, joues rouges, goutte au nez. J'aperçois le toit de la maison en contrebas, à travers le feuillage clairsemé, celui de mes voisins les plus proches, Patrick et sa femme, le portail de la famille Audret, illuminé à l'approche des fêtes, à gauche un petit ensemble de six appartements, puis le reste se perd au milieu des arbres en dehors de la supérette qui ravitaille les environs et se repère au goudron rouge brique de son parking et à ses oriflammes claquant fièrement au vent.

Je fume une cigarette tandis que les vieux athlètes échangent des barres énergétiques et des boissons vitaminées.

Je ne suis pas sûre de vouloir atteindre cet âge, mais rien n'est définitif. Je ne dirais pas non plus que Patrick est exactement mon genre d'homme, mais comparé à Robert dont les caresses me sont pour ainsi dire devenues indifférentes, mon jeune banquier éveille en moi de troubles sentiments et j'y suis assez sensible car ils sont les premiers signes de mon réveil sexuel depuis le viol — j'en remercie le ciel. Je vais être de nouveau capable de serrer un homme dans mes bras — j'ai eu tellement peur. J'ai eu tellement peur que quelque chose en moi ne soit cassé, que tout ça soit terminé pour moi. J'ai de nouveau meilleur moral. Je rentre, je me masturbe en pensant à lui, je me mords les lèvres et la machine fonctionne. J'en pleurerais de joie, de gratitude. Je m'essuie les doigts, les yeux fermés durant une minute.

Je suis en haut, dans ma chambre, quand il rentre chez lui, je suis dans l'obscurité — j'ai même éteint l'écran de ma tablette lorsqu'il est descendu de sa voiture et je l'observe à la jumelle. Il est bien mieux qu'il ne l'était dans mon esprit quand nous n'échangions que de vagues gestes de la main en signe de bon voisinage, il est bien plus éveillé, bien plus vigoureux qu'alors — ce sourire forcé que j'avais eu à la première impression qu'il m'avait faite ! Je le suis des yeux. Je sais qu'il s'agit d'une solution de facilité et que je serais plus avisée de descendre en ville pour disposer d'un choix plus large — Patrick est le genre le plus répandu dans les soirées, plaisant et factice, ce genre-là, narcissique, sans enjeu, en polo Ralph Lauren —, trouver mieux ne serait pas difficile, sans doute, mais ça ne me dit rien. Je crois que parfois, choisir la solution de facilité est une marque de sagesse.

Je prends plaisir à espionner un homme de l'obscurité de ma chambre, je ressens comme une excitation d'enfant, je me dissimule à demi derrière le rideau tandis qu'il ouvre sa porte et jette un dernier regard dans son dos, dans *ma* direction, et bien qu'il ne puisse me voir, je retiens mon souffle. C'est nouveau — ou plutôt c'est très ancien — et c'est drôle, agréable. Lorsqu'il rentre chez lui, je monte au grenier pour avoir une bonne vue sur les fenêtres de sa maison — autrement cachées par les branchages que Richard avait laissés pousser pour protéger notre intimité quand elle lui importait encore. Je le vois passer derrière les fenêtres éclairées, petites enluminures flottant dans la nuit — Patrick accrochant son manteau / Patrick traversant son salon / Patrick embrassant sa femme / Patrick dans sa salle de bains / Patrick au-dessus de son lavabo — quand tout à coup, mon téléphone sonne.

« Qu'est-ce que tu fais ? demande Richard.

— Rien. Je lis. Qu'est-ce que tu veux ?

— Je veux t'expliquer pourquoi je ne t'en ai pas parlé.

— Écoute, ça ne m'intéresse pas.

— Je ne t'en ai pas parlé parce que je ne suis sûr de rien, putain.

— Tu n'es jamais sûr de rien, tu ne l'as pas remarqué ?

— Arrête. Pourquoi je te le cacherais s'il y avait quelque chose ? Quel bénéfice j'aurais ?

— Richard, je suis occupée.

— Tu lis, tu appelles ça être occupée ? Tu pousses un peu, non ? En tout cas, j'aimerais savoir si tu me prépares un mauvais coup.

— Quoi ?

— J'aimerais savoir si tu me prépares un mauvais coup.

— Et tu imagines que je te le dirais ? Tu penses que je ferais ça ?

— Et en même temps, je ne vois pas ce qui le justifierait. Je ne vois pas de quoi j'aurais pu me rendre coupable. Je respecte nos règles. Nous nous devons chacun la vérité. Entièrement d'accord. Et la vérité est qu'il n'y a rien de particulier à l'horizon. Je sors vaguement avec cette fille, c'est vrai, mais si je ne t'en ai pas parlé, c'est que ça ne valait même pas la peine qu'on en parle, selon moi.

— Qu'est-ce qui te fait croire que je te prépare quelque chose ?

— Cette invitation, putain ! Cette putain d'invitation que tu lui as faite.

— C'est bien. Tu arrives à mettre putain dans chacune de tes phrases. C'est vraiment très bien.

— Ça ressemble à un traquenard. Ça ressemble à l'un de tes fameux traquenards.

— Mais qu'est-ce que tu vas chercher, mon pauvre ami ? J'ai d'autres chats à fouetter, figure-toi, ne sois pas paranoïaque. À propos, il y a quelque chose qu'elle ne peut pas manger ? Elle a une allergie quelconque ? Marty perd ses poils en ce moment. »

De nombreuses femmes mariées font de bonnes maîtresses et je pense qu'il a *pris un risque* avec une célibataire, je lui rappelle que nous étions convenus de *ne pas prendre de risques* pour justement ne pas avoir à faire face à ce genre de problème et je lui demande si c'est ce qu'il considère *ne pas prendre de risques* que d'aller frayer dans ces eaux-là, chez des célibataires encore en âge d'avoir des enfants, ou s'il veut juste se moquer du monde.

Lorsque je raccroche, je me retrouve seule au fond de mon grenier, au milieu de choses poussiéreuses et inutiles, tandis que là-bas Patrick a disparu dans l'obscurité soudaine de sa chambre au moment où sa femme le rejoignait en chemise de nuit.

Il n'y a pas grand-chose à craindre des femmes qui portent des chemises de nuit : en général, leurs maris ne sont pas difficiles à prendre.

Anna passe chercher les trois scénarios que j'ai sélectionnés et je la préviens qu'il n'y a rien de renversant. « Je ne sais pas comment tu fais, dit-elle. À ta place, j'aurais déjà pris un chien-loup. » Elle reste manger avec moi — elle s'est arrêtée chez Flo en chemin et décide qu'elle préfère partager ce repas avec moi plutôt qu'avec Robert qui semble-t-il est à cran depuis qu'il est rentré.

Je sais qu'il est à cran, je reçois ses messages, je vois qu'il m'appelle. J'essaye de ne pas y penser car je n'aime pas du tout ce qui pourrait arriver s'il le prenait mal. S'il prenait mal mon désintérêt pour lui, la distance qui s'installe entre nous, irréversible. Et s'il apprenait que pendant ce temps je fantasme sur mon voisin d'en face, qu'à la seule pensée de celui-ci je me sens sexuellement vulnérable, quelque chose pourrait arriver, quelque chose à quoi je ne veux pas penser, que je ne veux pas imaginer, proche du chaos, pourrait arriver.

Par-dessus tout, je pense que mon amitié avec Anna exploserait et se volatiliserait dans l'air. Je n'ai pratiquement aucun souvenir de mes relations d'avant le jour où mon père a quitté la maison armé jusqu'aux dents, en tout cas je n'ai revu personne, et Anna s'est engouffrée dans cet espace inoccupé et je n'ai qu'elle, en dehors des membres de la famille je n'ai qu'elle. Je n'ai pas envie de la tester. Je ne me sens pas l'âme d'une joueuse effrénée avec elle, je n'ai rien envie de tester du tout.

Connaissant la teneur des sentiments qu'elle éprouve pour son mari, l'amour trahi n'aurait que peu à voir avec ce qui mettrait fin au lien qui nous unit, tandis que l'amitié trahie, oui, sans conteste. Elle ne me pardonnerait pas d'avoir fait ça dans son dos — pas plus que je ne lui aurais d'ailleurs pardonné moi-même — et cependant, j'ai envie de lui dire à quel point j'ai l'impression d'avoir *glissé* dans cette relation avec son mari, d'avoir été *entraînée*, d'avoir *dévalé* une pente inexorable qui mentalement m'anesthésiait. J'ai envie de lui dire à quel point nos luttes sont lamentables, mais je pense qu'elle le sait.

Robert aussi avait été une solution de facilité — l'ennui, la proximité, la sécurité —, mais personne n'est là pour faire ce triste rapprochement et tirer des conclusions hâtives. Mon travail ne me laissait pas plus de temps qu'il ne m'en laisse aujourd'hui et nouer une relation n'a rien d'évident quand on sort du bureau à la nuit tombée et que l'on rapporte du travail chez soi, l'appétit coupé. Robert s'était plié à mes horaires et la bonne nouvelle était qu'il pouvait avoir des Louboutin à moitié prix et qu'il était régulièrement sur les routes. C'est presque risible. L'autre bonne nouvelle était qu'en vingt-cinq ans Anna et moi avions eu autre chose en tête que notre vie amoureuse et avions construit une boîte solide, réuni un catalogue dont nous étions fières, et même vendu quelques idées aux Américains. AV Productions. Elle en parlait déjà lorsque nous étions à l'hôpital, elle m'en a parlé des heures durant, résolue, et lorsque je suis rentrée, j'ai dit à Richard que nous pouvions maintenant chercher un appartement avec une chambre supplémentaire pour notre enfant parce que j'avais trouvé un emploi.

«Hein ? Mais quel emploi ?

— Anna et moi allons produire un film.

— Produire un film ? Ah, très bien. Merveilleuse idée. Putain. »

Il pleure aujourd'hui à notre porte et me reproche de ne pas faire jouer mes relations, mais comme il n'a aucun sens de l'humour il ne goûte pas l'ironie du sort et continue de penser que pour quelque sombre et inexplicable raison je fais obstacle à son ascension depuis qu'il s'est mis en tête d'écrire des scénarios. J'ai pourtant financé ses cours d'écriture avec les meilleurs, des Vince Gilligan, des Matthew Weiner, des types qui ont été couronnés par des WGA, mais ils n'ont pas réussi à lui transmettre ce don particulier qu'ils ont de ne pas être en dehors, mais dedans, d'être généreux, en tout cas ce don pour élever l'*entertainment* au rang des beaux-arts — je crois qu'il va falloir encore une ou deux générations pour aller les défier sur leur propre terrain sans être ridicule, peut-être moins, quelques noms commencent à émerger, ici, surtout chez les écrivains, enfin peu importe — ils ont coûté cher, très cher, mais Richard n'a pas encore prouvé qu'il en avait tiré parti, même s'il est d'un avis contraire.

Je vais fumer une cigarette dehors après le départ d'Anna. Je ne m'éloigne pas, je reste adossée au mur. Je montre simplement que je ne suis pas effarouchée, que je ne suis pas terrée sous mon lit. Anna m'a proposé de dormir chez elle aussi longtemps qu'il le faudrait, mais ce n'est pas à l'idée de partager le même toit que Robert que j'ai décliné son invitation — même si cette seule idée fait dresser les cheveux sur la tête et grimacer d'horreur. Non, je ne sais pas ce que je cherche au juste. Il fait froid, les jours ont raccourci. Je ne lis pas de bons scénarios. J'ai été violée. Je ne parle pas de mes relations avec mon mari et mon fils, je n'évoque même pas mes parents. Le pire est qu'il va falloir penser aux cadeaux.

J'admets qu'elle n'a pas eu beaucoup de temps pour ranger et qu'ils ont sans doute été un peu trop bousculés pour repeindre les murs comme ils l'avaient projeté, mais c'est un vrai capharnaüm chez eux, et ça ne sent pas très bon — une vague odeur de merde et de lait caillé, mais j'ai mis tout ressentiment, toute remarque blessante, toute pensée négative au fond d'un sac noir que j'ai noué et laissé sur le palier de leur nouvel appartement.

«C'est magnifique!» dis-je en m'asseyant à la table de la cuisine où se tient Josie, dans un jogging informe, l'enfant au sein. Contrairement à beaucoup de mères, j'ai horreur d'embrasser la joue molle et cramoisie d'un nouveau-né, mais je dis: «Comme il est beau. Je peux l'embrasser?»

Vincent m'avait parlé d'une trentaine de kilos, mais je crois plutôt qu'il s'agit d'une cinquantaine de kilos. Elle est énorme, on ne dirait pas qu'elle vient d'accoucher. Elle me tend l'enfant en précisant que désormais, il a le même nom que moi. «Ah, la petite canaille», dis-je en soulevant le nourrisson dans les airs. Puis je l'embrasse du bout des lèvres et le lui rends.

«Maintenant, parlons de choses sérieuses, dis-je. Vous voulez quoi pour Noël?»

Ils se regardent en gonflant les joues.

Je les aide : « Que diriez-vous, les enfants, d'une bonne machine à laver ? Avec un nouveau-né, ça semble indispensable, non ? » Ils me regardent comme si j'essayais de leur vendre un jambon.

« Un aspirateur ? Une machine à coudre ? Un robot Kenwood ? Un four ? Un lave-vaisselle ? Une centrale vapeur ? Un frigo ?

— Je crois que je préfère un écran plat avec un abonnement aux chaînes payantes », déclare Josie.

J'acquiesce. « Oui, mais mon conseil, vois-tu, serait d'aller au plus important...

— C'est ce que je fais, me coupe-t-elle. Après vient la chaîne stéréo et après le lecteur-enregistreur. »

Je souris en serrant fortement les mâchoires tandis que Vincent opine du chef.

Je souris car après avoir tué le chien, c'est à la télévision que mon père s'était attaqué à la maison — il avait simplement jeté la nôtre par la fenêtre et nos premiers ennuis sérieux avaient commencé à ce moment-là, quand les voisins s'étaient mis à prendre en grippe un type aussi mal luné, si éloigné de leurs valeurs, qui parlait d'aller se réfugier en Bretagne aux premiers troubles qui surviendraient dans la capitale et faisait le signe de croix sur le front des enfants qu'il croisait dans l'escalier sans qu'on lui ait rien demandé.

J'appelle Richard afin de m'assurer qu'il n'a pas oublié de faire les courses pour le lendemain et il en profite pour me relancer sur notre dernière conversation. «Écoute, ne te fatigue pas, lui dis-je. Épouse-la si tu veux, ça m'est égal.

— Mais putain, qu'est-ce que tu vas chercher?

— Ou ne l'épouse pas, ça m'est complètement égal.

— Ne nous fais pas un scandale, demain. Ne commets pas un truc irréparable. Ne commençons pas à nous bagarrer sur son dos, d'accord?

— Mais je ne me bagarre pas avec toi, Richard. Je ne t'appelais pas pour t'entendre gémir à l'autre bout du fil. Tu fais ce que tu veux. Ne te crois pas obligé de m'informer de quoi que ce soit. Tu es libre. Je ne vais pas te le répéter cinquante mille fois, tu sais. J'ai invité cette fille pour te faire plaisir. Est-ce que c'est clair? Est-ce qu'on peut passer à autre chose, maintenant? En as-tu fini avec ça?

— Tu ne peux pas à la fois rejeter mon travail et m'empêcher d'avoir une vie. Ça fait beaucoup à mon goût.

— Ne viens pas trop tard quoi qu'il en soit. Je n'y arriverai pas toute seule. Est-ce que ta copine va nous aider?»

Je le laisse raccrocher. Son entêtement à nier qu'il a une liaison sérieuse avec cette Hélène Zacharian devient franchement grotesque.

Je passe une partie de l'après-midi à trier les innombrables scénarios qui encombrent les étagères de mon bureau ou qui s'empilent à même le sol, en d'instables colonnes blanchâtres — mais Anna et moi ne laissons le soin de les lire à personne d'autre et quoi que j'en aie dit, quoi que j'aie pu laisser penser, chaque fois l'émotion est intacte, et l'excitation pareillement, à l'idée de tourner peut-être la première page d'un texte exceptionnel, ou même relativement bon.

Anna passe le nez à ma porte à l'heure de la fermeture, et après un bref coup d'œil me félicite pour la corvée dont je me suis acquittée et qui l'attend à brève échéance. «Je viens de parler avec Vincent, poursuit-elle. J'ai juré de ne rien dire. Mais es-tu au courant de ses dettes?»

Comme je suis déjà assise, je n'ai plus qu'à serrer les accoudoirs de mon fauteuil et me pencher en avant. «Mais de quoi parles-tu, Anna? De quelles dettes parles-tu?»

Elle ne sait pas au juste, il ne veut pas le lui dire, il reste vague. Elle lui donne de l'argent. Ça n'a aucune importance qu'elle lui donne de l'argent, elle est sa marraine, elle est ravie de lui servir à quelque chose, me dit-elle tandis que l'ascenseur nous descend du trentième. «Je tombe des nues», dis-je.

Il n'a que vingt-quatre ans. Je ne pensais pas que l'on pouvait avoir des dettes à vingt-quatre ans. Je le sens beaucoup plus vieux qu'il n'est, tout à coup, frappé d'un mal qu'on ne peut contracter avant la trentaine sans une bonne dose de malchance. Comment s'y est-il pris pour avoir des dettes — ce mot sonne à mes oreilles comme une maladie honteuse —, la drogue, les filles, les cartes? Anna m'enjoint de ne pas m'alarmer plus que nécessaire mais de rester vigilante. «Très bien, dis-je, mais peux-tu m'expliquer en quoi ça consiste, au juste ? Étant donné qu'il ne vit pas avec moi et m'envoie promener aussi souvent qu'il le peut. Qu'entends-tu par être vigilante ? Dis-moi ce que je peux faire, d'après toi. Éclaire-moi. Il t'en dit plus à toi qu'à moi, Anna. Je suis la dernière personne à laquelle il se confierait, tu le sais très bien. Moi, je suis sa mère, je suis celle qui a mis son père à la porte de la maison, je suis la chose la plus horrible du monde. »

Nous marchons dans l'air vif durant quelques minutes, silencieuses, nous tenant le bras, puis nous entrons dans un bar et commandons des daiquiris. «Je veux te rembourser», lui dis-je. Elle refuse. Pas simplement par bonté d'âme mais pour entretenir ce rapport privilégié qu'elle a instauré entre eux depuis le début — j'avais accepté qu'elle lui donne le sein deux ou trois fois lorsque nous étions encore à l'hôpital, et ils en avaient profité pour tisser entre eux un lien mystérieux et spécial dont la ténacité se vérifie encore aujourd'hui, un lien direct, qui ne passe évidemment pas par moi. Je la revois essuyant une larme avant qu'elle ne tombe sur le front de Vincent qui la tétait sans vergogne et j'étais encore jeune, à l'époque, et cette image m'attendrissait, j'étais heureuse que mon fils et moi puissions alléger sa souffrance, et bien sûr je recommencerais s'il le fallait, mais je trouve un peu agaçant qu'elle sache les choses avant moi, qu'elle sache ce qui se passe dans cette famille avant que je n'en sois informée et qu'elle règle certains problèmes à ma place.

« Je le considère comme mon fils, dit-elle. Tu le sais. Je l'ai dépanné, c'est tout, c'est entre lui et moi. C'est réglé.

— Tu es sa mère spirituelle. Tu n'es pas sa banque. »

Elle se lève et va chercher deux autres daiquiris. Le ciel est étoilé

« Il y a une autre possibilité, dit-elle quand elle revient. Je veux parler de Josie. »

Elle plonge ses yeux dans les miens, me transperce de son regard brillant.

Lorsqu'elle dit qu'elle veut parler de Josie, il faut comprendre que Josie pourrait être à l'origine des problèmes de Vincent. « Je l'ai dépanné pour la première fois peu de temps après leur rencontre. Je ne suis pas sûre que ce soit une coïncidence. C'est là où je veux en venir. »

Munie d'une paille, je bois mon verre sans la quitter des yeux. Puis je fais volontairement entendre l'affreux bruit d'aspiration au fond du verre vide.

Je ne suis plus jalouse des petites amies de Vincent depuis longtemps et je plaindrais plutôt ces pauvres filles de fréquenter quelqu'un d'aussi mal embouché — à moins qu'il ne réserve qu'à moi ses aigreurs et ses ressentiments, ce que je ne peux exclure. Anna prétend qu'elle ignore ce sentiment elle aussi et avance que les jugements négatifs qu'elle ne cesse de porter sur ces malheureuses n'ont rien d'a priori — toujours est-il qu'elle est toujours prompte à les dénigrer et à leur donner le coup de pied de l'âne quand elle peut. « Je n'appelle pas ça être jalouse, dit-elle. Je l'aide à ouvrir les yeux, ce n'est pas la même chose. Parce que au fond il n'y connaît rien, tu sais, c'est encore un enfant. » Je ne suis pas sûre que Vincent soit encore un enfant — je crois même qu'il a cessé de l'être le jour où il a refusé que je lui donne la main pour le conduire à l'école —, mais qu'il soit assez stupide pour se mettre en ménage avec une femme de cent kilos dont il s'est empressé de reconnaître l'enfant, lequel enfant n'est pas de lui, prouve amplement qu'il peut avoir l'âge mental d'un adolescent un peu attardé, rétif à toute attitude raisonnable.

« Je crois que Josie se trouve à la racine du mal, dit-elle. Je ne présume de rien, tu sais, et je ne veux pas avoir l'air de le défendre à tout prix, mais je peux témoigner d'une chose : Vincent n'a jamais eu ce genre de problème avant de la rencontrer. À toi d'en tirer les conclusions, Michèle. À toi de voir si c'est mon imagination.

— Je ne sais pas. Je t'écoute. Je réfléchis.

— D'abord, j'aimerais savoir. Est-ce qu'on sait qui est le père ? Tu ne le sais pas ? C'est quand même formidable, non ? On peut tout supposer. On peut tomber sur quelque chose d'épouvantable. »

Elle lit trop de scénarios, c'est évident — cette manière d'explorer toutes les voies possibles, de se démultiplier —, mais j'ai quand même le sentiment qu'Anna a raison et je me sens soulagée de voir que Vincent n'est pas en première ligne, je le préfère nettement — j'imaginais déjà qu'il devait de l'argent à une bande de Hell's Angels ou aux patrons d'une banque d'affaires.

La première chose que je remarque en arrivant, c'est la lumière à la fenêtre de ma chambre — dont le rideau ondule mollement dans le courant d'air. Je reste un moment dans la voiture, inspectant les alentours baignés dans les halos de l'éclairage public, mais rien ne bouge, il n'y a pas de lumière chez les voisins, tout est d'un calme absolu. Ainsi que je le suis moi-même, étonnamment, quoique absolu soit un terme un peu fort quand je serre si violemment ma cartouche de gaz paralysant entre mes doigts que j'en ressens la douleur jusque dans l'épaule.

Je déverrouille ma portière, attends quelques secondes avant de l'ouvrir, puis je pose un pied sur le sol. Et comme il ne se passe rien de particulier, je pose l'autre.

Je sens l'adrénaline se répandre en moi comme un jus tiède. Le temps d'arriver à pas de loup jusqu'à ma porte et j'ai le front en sueur, le souffle court.

Je plaque l'oreille. Je n'entends rien. Je sors ma clé.

À l'intérieur, l'alarme est en fonction. Je la débranche.

Rien en bas. Je monte à l'étage — je connais le son de chacune des marches, je sais lesquelles grincent, lesquelles craquent, et je ne fais aucun bruit.

La porte de ma chambre est ouverte sur le couloir sombre. J'entre, le cœur battant, mon lit est entièrement défait, les couvertures sont jetées par terre, ma commode ouverte, mes culottes éparpillées. Sur la table de nuit, l'écran de mon portable est allumé. Je m'avance.

Et je découvre alors l'infâme souillure odorante et poisseuse de mes draps — dans lesquels on s'est visiblement essuyé — accompagnée du message «Oh pardon! Je n'ai pas pu attendre!», aimablement affiché à l'écran.

Je lève les yeux et me perds un instant dans la contemplation du rideau qui danse devant la fenêtre ouverte.

Richard arrive au début de l'après-midi, les bras chargés — je suis moi-même allée de bon matin m'occuper des apéritifs, des desserts et des vins et je suis en train de rentrer quelques bûches quand il klaxonne.

Je vois à son air qu'il est disposé à se montrer charmant et aimable avec moi et je pense qu'il a pris la bonne décision, je pense qu'il me connaît bien. Car en fait, c'est un peu dur pour moi d'inviter à ma table celle qui me prend mon fils et celle qui me prend mon mari, pour le dire de façon tragique, même si j'essaye d'avoir l'esprit le plus ouvert possible. Je sais qu'il va falloir que je me détende, que je vais devoir me débarrasser de ce léger stress qui s'est glissé en moi de bon matin, à l'instant où j'ai ouvert les yeux, et ne m'a pas quittée depuis. Rentrer des bûches fait partie des choses censées me calmer, à cause de

leur poids — Richard avait trouvé un prix intéressant sur des bûches d'un mètre, en provenance des Landes que l'ouragan avait dévastées,
mais la manutention n'est pas rien.

Il rentre les paquets et ressort presque aussitôt
pour m'aider. Il fait beau et froid.

«Je viendrai faire un tour dans le jardin, dit-il.
Quand j'aurai un moment, je viendrai avec des
outils.

— Non, tout va bien. Laisse donc tout ça tranquille.

— Une fois par an, ça ne me gêne pas. Ça te
rend service.

— Non, ça ne me rend pas service. Je ne sais pas
comment t'expliquer.

— Un type viendra et il te prendra la peau du
cul, Michèle. Réfléchis une seconde. »

Je le regarde. «Remarque, si tu y tiens, tu pourrais en profiter pour nettoyer les gouttières », dis-
je.

Il épluche les légumes tandis que je m'occupe de
la viande. Il est encore tôt, mais il me sert un
verre. Il me dit : «Je trouve que tu as bonne mine,
en ce moment. »

Je ne sais pas où il va chercher de tels accents de
sincérité ni comment il s'y prend pour que ça
sonne si vrai. Il est l'homme qui m'a giflée et
celui qui vole à mon secours s'il me sent menacée ou simplement mélancolique ou terriblement
fatiguée. Il a beau perdre ses cheveux, il reste un
garçon intéressant malgré tout.

«Je ne t'en veux pas, lui dis-je. Au fond, je ne

sais pas pourquoi j'aurais droit à certains égards. C'est comme un vieux réflexe, le témoin du temps que nous avons passé ensemble, ça n'a rien de volontaire. Ne fais pas attention.

— Je n'ai rien dit quand tu es sortie avec le violoniste.

— Oh s'il te plaît. Ne fais pas l'idiot. Il était marié, il avait trois enfants, il avait toutes les qualités requises. Mais toi, tu ne peux pas en dire autant, n'est-ce pas. Tu choisis une célibataire sans enfant, n'est-ce pas. Si j'ai bien compris.

— Je n'ai rien choisi du tout. Je l'ai croisée dans ton putain d'ascenseur, si tu veux savoir.

— C'est de cette manière que tu t'y prends ? Tu croises une fille dans un putain d'ascenseur ?

— Écoute, j'ai juré de ne plus jamais me disputer avec toi. Je veux que nous restions en bons termes.

— Nous sommes en bons termes.

— Très bien. Et je voudrais que ça le reste après cette soirée, je voudrais que nous soyons en meilleurs termes encore après cette soirée.

— Tu veux dire, un genre de frère et sœur ? C'est l'image que tu as à l'esprit ? Que nous devenions les meilleurs amis du monde ?

— Eh bien... plus ou moins, mais quelque chose de fort. »

J'opine vaguement. « Et tu as pensé qu'en ayant une liaison avec cette fille, tu travaillais dans ce sens, de ton côté ? Tu as pensé faire ce qu'il fallait ?

— Je n'ai pensé à rien, Michèle. Arrête.

— Tu ne choisis rien, tu ne penses à rien, la vie est belle, non ? »

Il serre les dents et reprend l'épluchage consciencieux d'une pomme de terre de type roosevalt. Je salue intérieurement la maîtrise de soi dont il fait preuve, priant pour qu'il ne se morde pas la langue.

Ma mère arrive au bras d'un homme de mon âge que j'identifie aussitôt comme étant le fameux Ralf dont elle m'a parlé. « Elle me parle si souvent de vous », me dit-il. Je me force à sourire. Ma mère porte une jupe courte en cuir noir. Elle est si maquillée que je frémis un instant lorsqu'elle s'approche de la cocotte fumante de peur que la vapeur ne la fasse fondre et s'égoutter au-dessus de mon bouillon. Je suis méchante. Elle n'est pas plus maquillée que d'habitude. Je lui dis d'aller s'asseoir avec son camarade tandis que Richard et moi restons aux fourneaux.

« Promets-moi de me tuer », dis-je, cependant qu'elle s'avance vers la cheminée en roulant des hanches avec exubérance — dans les limites de ses capacités —, Ralf lui emboîtant le pas.

Elle ne s'est pas toujours conduite ainsi. Elle a pris ce mauvais pli au gré de cette vie épouvantable que nous avons connue après le massacre auquel mon père s'était livré — à l'encontre d'un club Mickey, pendant que les parents étaient au surf. Elle avait fini par comprendre qu'elle n'avait aucun autre moyen de survivre car elle n'était pas faite pour travailler. Et voilà ce qu'il en reste à soixante-quinze ans, une caricature de

vieille séductrice, voilà tout ce qu'il en reste. Une
guenon. J'exagère. «Tue-moi au premier signe»,
dis-je.

Josie passe encore par la porte d'entrée mais elle
doit quand même se mettre légèrement de profil
et je pense qu'elle retient sa respiration. Le bébé
est tout beau, tout violet. Un air froid pénètre à
l'intérieur avec eux. Il neige au-dessus de cinq
cents mètres et cet air froid dégringole vers les
plaines. En quelques instants, ils ont les joues
roses, la collection de bouteilles de vin s'agrandit.
On ouvre le champagne que Ralf nous a apporté
et tout le monde vient me demander qui est cet
énergumène et je réponds que je ne sais pas au
juste et que je ne veux même pas le savoir.

Jamais je ne laisserai ma mère épouser ce connard
ou un autre.

J'espère que ça ne se voit pas trop sur mon
visage. J'espère lui adresser un sourire plutôt
qu'une grimace quand nos regards se croisent,
car je n'ai pas l'intention de gâcher pour si
peu cette soirée que j'ai l'habitude de donner
quelques semaines avant Noël afin d'avoir une
chance de réunir la famille et les amis proches.
J'ai été mariée à Richard pendant plus de vingt
ans et nous nous sommes toujours réunis de
cette manière, au moins une fois par an, et la
plupart du temps tout se passe merveilleuse-
ment bien en dehors de petits accrochages inévi-
tables qu'un peu de bonne volonté permet
cependant de gérer ou même d'étouffer dans
l'œuf.

Quelques verres commencent à circuler, quelques bières. Anna et Robert apportent du vin. Les portemanteaux sont envahis. Le feu crépite. Robert cherche à croiser mon regard mais je l'évite. Puis arrive Patrick. Il est seul, sa femme n'a pas pu venir. « Rien de grave ? » dis-je en lui tendant un verre. Je fais les présentations. Je raconte comment nous avons fait connaissance, pendant qu'il poursuivait un rôdeur il n'y a pas si longtemps. Ma mère trouve qu'il est important d'avoir de bons voisins.

Vincent est en pleine conversation avec son père et je ne jurerais pas qu'ils ne sont pas en train de dire du mal de moi, d'exposer chacun leurs griefs à mon encontre. Ils sont si différents, en dehors de la mauvaise humeur dont ils font souvent preuve à mon endroit. Je crois que Vincent est à présent de forces égales avec son père et c'est une impression assez troublante pour moi, de penser que j'ai mis au monde un enfant devenu capable de corriger son père, désormais — comme leur conciliabule se déroule près de la cheminée, je vois le reflet des flammes danser sur leurs visages. Assise au milieu du canapé, Josie donne le sein, ce qui distrait Robert pour le moment.

Pour finir, Hélène Zacharian sonne à la porte et Richard bondit, tel un chevreuil. À présent, nous sommes au complet. Et ceux qui s'impatientaient, qui soulevaient pour la énième fois le couvercle de la marmite pour voir ce qui pouvait sentir si bon, tournent à présent leurs regards éplorés sur moi. Qui n'ai d'yeux que pour Hélène qui vient d'entrer. Superbe. Le plus drôle est que l'on dirait Richard gêné par tant de belles choses réunies dans la même personne. J'échange un regard avec Anna. Je sais qu'elle pense la même chose que moi, que la concurrence est dure et déloyale pour les femmes de nos âges, que nous ferions mieux parfois d'être mortes.

Nous passons à table et Patrick se place à côté de moi et me glisse que c'est très gentil de l'avoir invité et qu'il est très honoré de partager le repas d'une communauté de gens si sympathiques. Ça me semble un peu cérémonial, un peu ampoulé, mais j'accepte ses remerciements sans hésiter car disant cela, il a posé sa main sur mon bras et ne l'a pas ôtée — ce qui n'a échappé à personne.

Robert, installé de l'autre côté de la table, presque en face de moi, a préféré fermer les yeux. Et comme je n'ai aucune intention de le provoquer, je me lève pour servir, je repousse ma chaise, mais la chaleur m'est montée aux joues. Vincent se lève et promène le bébé — qu'ils appellent Édouard-bébé pour je ne sais quelle stupide raison —, lequel Édouard-bébé commençait à vagir doucement dans ses couches lavables en fibre de bambou.

Anna s'est mise à servir de l'autre côté tandis que ma mère claque dans ses mains pour obtenir le silence et parler du bonheur d'être réunis entre famille et amis, bla bla bla, son discours est toujours le même jusqu'au moment où elle se tourne vers les nouveaux venus, en l'occurrence Ralf, Patrick et Hélène — Josie, que par un quelconque stratagème Vincent avait fini par imposer à la dernière minute comme sa toute nouvelle petite amie, avait été traitée l'hiver dernier — pour leur souhaiter la bienvenue. Cela prend toujours quelques minutes, ces petits tableaux animés par la vieille pie, et nous avons ainsi le temps de servir, c'est parfait. Puis elle se tourne vers Ralf et bien que je ne prenne pas garde à elle, quelque chose retient mon attention, quelque chose comme une brillance, et je l'entends dire qu'elle en profite pour annoncer ses fiançailles avec Ralf, ici présent.

J'éclate de rire. « Oh, pardon, dis-je. Excuse-moi. Comment te débrouilles-tu pour être aussi grotesque ? »

Son visage se plisse mais elle ne répond pas. Richard s'empresse de lever son verre à tous ceux qui sont présents autour de cette table et seconde après seconde le silence que j'ai provoqué se comble, chacun s'évertuant à détendre l'atmosphère que nous avons électrisée, ma mère et moi, et les conversations reprennent cependant que ma mère finit par se rasseoir comme Ralf l'y invite en lui tenant le bras et que je regagne ma place aux côtés de Patrick qui me demande l'adresse de je ne sais qui.

« Pardon, Patrick. Excusez-moi ? L'adresse de qui ?

— De votre boucher. »

Je lui souris plus ou moins, mais derrière ce masque, je m'interroge. Je ne suis pas sûre d'en avoir vraiment envie. Ou si j'en ai encore envie.

On devrait toujours se méfier d'un homme qui a choisi de faire carrière dans une banque, me dis-je en contemplant le verre qu'il m'a servi.

Nous finissons le repas genou contre genou mais je ne m'éternise pas à table. Je ne suis ni pour ni contre. J'aimerais pouvoir le tenir en attente, j'aimerais qu'il ne se précipite pas. Il m'a demandé ce que je voulais et je lui ai dit que je ne savais pas et que l'endroit était mal choisi pour avoir ce genre de conversation. « Et j'ai horreur des messes basses », ai-je dit en lui demandant de bien vouloir remettre une bûche dans la cheminée.

Dehors, il fait un temps de neige, une légère brume scintille dans l'air vif de la nuit. Certains sont restés à table. Je croise le regard de ma mère à deux reprises mais une seule fois aurait suffi. Je sais qu'elle est furieuse contre moi. Je sais qu'elle sait que je suis furieuse contre elle.

Anna a préparé une tarte sublime et Josie une tarte moins sublime. Vraiment moins. Beaucoup plus consistante. Je pense qu'elle a doublé les portions de beurre et de farine. Je vois bien que Vincent n'est pas content, mais Josie est radieuse, absolument fière de son œuvre qui a des ombres violacées.

Je vais glisser quelques mots aimables à Robert avant qu'il ne devienne un vrai problème à force de frustration.

« Tout va bien, Robert. Mais enfin, je ne vais pas te faire un cours sur les indispositions féminines.

Je ne peux pas en ce moment, que veux-tu que je te dise. Tu n'as pas une autre copine ?

— Alors explique-moi une chose. C'est quoi ce manège avec l'autre type ? C'est quoi, ce flirt à la con ? »

Il a beau parler à voix basse, j'ai l'impression de l'entendre hurler.

« Es-tu sur le point de faire un esclandre chez moi, Robert ? Dis-moi. Dois-je m'attendre à une telle chose de ta part ? »

Je lui mets une assiette entre les mains et lui sers un peu des deux tartes avant de lui cligner de l'œil et d'avancer légèrement les lèvres pour un invisible baiser. Josie nous regarde puis déclare qu'elle a suivi une recette de La Vie Claire et qu'entre parenthèses ils ont un excellent panettone en promotion. Elle s'installe de nouveau pour donner le sein à Édouard-bébé. « Théoriquement, il n'y a pas de myrtilles, précise-t-elle. Juste le chocolat, mais j'adore les myrtilles. Et la crème de marrons, aussi. » Ses seins ont la taille de ballons de handball. Je serais curieuse de savoir ce que Vincent en fait, cet imbécile.

Hélène vient me féliciter pour le repas et souhaite sincèrement que nous devenions amies. Richard se tient en retrait, grimaçant comme s'il se retenait d'uriner. Or, je ne la trouve pas désagréable, encore une fois, mais ça ne peut pas déboucher sur quelque chose, ça ne peut que déboucher sur rien, de toute façon. Qu'espère-t-il ? Dans quel assemblage dément, dans quelle association stérile un homme n'est-il pas capable de se lancer ?

«Ton amie est charmante, dis-je quand il s'approche.

— Ah. Formidable. Tu sais, c'était délicieux. Il faudra que tu viennes à la maison.

— Oui, bien sûr. Mais attendons un peu. Ne brusquons pas les choses.

— Écoute, Richard, dit-elle, laisse-nous faire. Pour commencer, j'appellerai Michèle, n'est-ce pas, Michèle, je vous appellerai et nous irons déjeuner toutes les deux. Pour commencer.

— Eh bien moi, dis-je, ça me va tout à fait. Continuez dans cette voie, Hélène, et nous allons bien nous entendre.

— C'est formidable», dit-il.

Je suis accablée, mais je ne le montre pas. Je me vois sonner à leur porte avec un bouquet et un étui de macarons Ladurée. Peut-on vivre ce genre de situation sans perdre une grande part de son estime de soi ?

Un bras glisse autour de ma taille. Celui de ma chère Anna qui a développé un sens très aigu de l'observation quand il s'exerce sur moi et qui sait comment agir — suivant que je mordille ma lèvre ou grimace ou fronce un sourcil ou blêmis —, et qui vient à point nommé m'apporter le gin-tonic dont j'ai profondément besoin.

De nombreux projets sont tombés à l'eau ces dernières années, l'argent circule mal, tout le secteur est en crise et c'est une chose que Richard peut comprendre, mais ne payons-nous pas *aussi*, dit-il en nous regardant Anna et moi — je remarque à cet instant qu'il a déjà un peu bu —, votre

manque d'imagination, votre refus de vous proje-
ter dans le temps et votre amour immodéré pour
les trucs américains ?

Nous avons l'habitude d'essuyer de sévères
remarques à chaque scénario que nous refusons
et parfois même quelques injures d'une obscénité
inimaginable et nous savons gérer ces situations.
Nous esquivons. Ma mère semble avoir un peu
bu elle aussi — ses joues ont la couleur d'abricots
mûrs. « Mais Richard, dit-elle, mais vous êtes
toujours en train de râler, ma parole.

— Ce sont des râles d'agonie, Irène. »

Elle s'accroche à son bras et elle fait bien. Quelqu'un a ouvert une boîte de chocolats qui passe
de main en main. Quand elle s'assied, Hélène
croise les jambes et c'est une sorte de petit festival en soi. « Ne sois donc pas si négatif, dit-elle.
C'est agaçant, tu sais.

— Je ne suis pas négatif, Hélène. Je suis lucide.
Mettre un seul pied en dehors des clous devient
impossible. »

Anna se penche à mon oreille et demande en
quoi le scénario de Richard sort-il des clous
cependant que celui-ci, poursuivant sa sombre
plaidoirie, se fait l'apôtre de la différence, de l'ori-
ginalité, de l'unicité, dont il serait un assez bon
exemple. « Tu sais, réponds-je, Richard est avant
tout un théoricien. »

À présent, il neige sans neiger — quelques flocons tourbillonnant dans l'air, maintenus en suspension. Ralf téléphone. Josie range son matériel.
Robert regarde tristement dans le vague. Vincent

et Patrick sont installés dans des fauteuils. Comme je passe à leur hauteur pour me rendre à la cuisine, j'entends Vincent déclarer : « Nous sommes le peuple, nous avons vocation à nous faire baiser. »

Jours plus courts, températures basses, l'hiver déclenche souvent un regain de contrariété généralisée et de rage incrédule chez certains — surtout si l'on émarge à ces établissements de restauration rapide, semble-t-il. Je branche la bouilloire. Chaque fois que je m'apprête à le plaindre, je repense à la vie que le sort m'avait réservée lorsque j'avais son âge et je m'abstiens. Ma mère et moi n'étions pas traitées comme des pestiférées, nous étions traitées comme de *sales* pestiférées — les adultes nous maudissaient, les enfants nous tiraient les cheveux, des parents en pleurs nous jetaient ce qu'ils avaient sous la main, comme cet homme à la boucherie qui avait payé son bifteck et me l'avait lancé à la figure.

« À quoi penses-tu ? » me demande ma mère.

Je me retourne. « Oh, à rien de spécial », dis-je.

Elle reste sans bouger. Tête baissée, elle dodeline — d'une manière presque inquiétante. Puis elle relève la tête.

« As-tu idée de la brutalité avec laquelle tu m'as interpellée, tout à l'heure ?

— Oui, absolument. Mais ce n'est rien, tu sais. Tu n'as encore rien vu. »

Elle glousse de dépit et se laisse choir sur une chaise, la tête entre les mains.

« Il est en prison depuis trente ans ! Qu'est-ce que ça pourrait bien lui faire ?

— C'est à moi que ça fait quelque chose. Je n'ai pas de père, comment pourrais-je avoir un beau-père ?

— Je vais devoir trembler toute ma vie ? C'est ce que tu as prévu pour moi ? Que je tremble jusqu'à la fin de mes jours, que je termine mon existence dans un hospice public ? Au milieu de tous ces pauvres, parmi tous ces étrangers ?

— Quoi ?

— Très bien, oh là là, calme-toi. Je retire ce que j'ai dit. »

La bouilloire siffle. « Quand Ralf ne sera plus là, quand d'une manière ou d'une autre votre histoire aura explosé en plein vol, comme il faut s'y attendre, moi, ta fille, je serai toujours là. Je suis une meilleure assurance que lui, maman, objectivement. »

Je sens briller une lueur d'espoir au fond de son cœur.

Comme elle me tend son verre vide, je la mets en garde contre certains excès mais elle m'envoie au diable. Je la sers et tourne les talons — elle me fatigue. Et je l'entends s'effondrer derrière moi, j'entends le bruit d'une chaise renversée avec fracas.

Et nous voilà en route pour l'hôpital. Elle a perdu connaissance. Je suis folle d'angoisse. Je suis redevenue sa petite fille, mais aussi son visage me fait peur. Gris cendre, presque bleuté. Patrick conduit vite et il connaît le chemin le plus

98

rapide. Je ne sais même pas si elle respire. Je tiens sa main et des larmes coulent en silence à torrents le long de mes joues sans que je puisse rien faire pour les contenir. Seule ma lèvre tremble un peu. «Ne me fais pas ça!» enragé-je sourdement tandis que nous filons, klaxonnant, grillant quelques feux, nous faisant insulter par des types qui dorment près du canal, sous des tentes, par ce froid. Il souffle un air vif, pinçant, et c'est lorsque je la tire dans mes bras pour l'extraire de la voiture que ce souffle glacé la frappe au visage et qu'elle se raidit contre moi, dans un spasme, et s'accrochant à moi me grimace à l'oreille : «Va le voir, Michèle.» Ces mots me terrifient — je dois me faire violence pour ne pas la lâcher. «Va voir ton père», me supplie-t-elle.

«Quoi, maman?» gémis-je. Autour le vent hulule tandis qu'une grosse infirmière arrive au pas de course, suivie de Patrick et d'un brancardier pourvu d'une longue queue-de-cheval dorée qui bringuebale au vent.

«Maman est dans le coma.» Je n'ai pas d'autre nouvelle à donner. J'attends. Nous attendons. Patrick est résolu à me tenir compagnie. Je parle à Richard et à Vincent, leur laissant le soin de parler aux autres et de prendre les commandes de la soirée. Je ne me sens pas très bien. Quelque chose est en train de céder en moi. Plane une ombre terrifiante. Patrick passe un bras autour de mes épaules, ce qui est la meilleure chose à faire en raison des circonstances. Je n'ai jamais pensé que ma mère pouvait disparaître parce que cette éventualité était absolument insupportable et je suis tout à coup projetée devant cet abîme et je manque de forces. Il était souvent advenu, par le passé, que nous ne dussions qu'à notre seule union de nous sortir d'une passe difficile ou tout simplement de nous tirer d'affaire et rien n'indique vraiment que tout va devenir plus facile à partir d'aujourd'hui. Je regarde Patrick. Ce n'est pas un homme qui travaille pour une banque d'affaires qui va me contredire sur ce point.

Le jour se lève à peine lorsqu'un médecin arrive et m'invite à rentrer chez moi car c'est ce que j'ai de mieux à faire, dit-il. Elle est sous surveillance, on me tiendra au courant s'il y a du nouveau. Au lieu de lui poser des questions, de l'interroger, je tâche de contrôler ma respiration. Patrick me soutient. J'avais fini par retrouver mon calme, plus ou moins, durant la nuit, mais la simple vue d'un docteur, d'un homme en blouse blanche, me bouleverse de nouveau, me replonge dans l'instant présent, et je suis incapable d'engager une conversation normale avec le médecin de service, mon corps ne fonctionne plus normalement. Il me conseille de prendre un somnifère et de me mettre au lit, m'assurant que l'état d'Irène est stationnaire, qu'il m'appellera dans la soirée. Je hoche la tête. Je me recroqueville. Patrick est là. «Rentrez au moins prendre une douche, vous changer», me conseille-t-il en posant ses mains sur mes épaules. Je suis restée allongée des heures sur un banc dur, sans fermer l'œil, ne sachant si elle allait mourir ou vivre. M'asseyant parfois, demeurant pliée en deux, le front sur les genoux, les mains croisées, occupée à ne pas trembler comme une pauvre feuille morte. J'ai passé la plus sombre nuit de mon existence — ex aequo avec celle où mon père a tenu tête à la police avant d'être arrêté et mis hors de portée des mains de la foule. Je regarde Patrick, sans le voir. Je me laisse donc sans plus de résistance conduire vers la sortie comme dérivant dans le courant d'une rivière d'eau tiède. Je ne ressens même pas le froid de l'extérieur tandis que nous traversons le parking luisant de givre verglacé.

Il actionne le chauffage, m'adresse un sourire compatissant avant de s'engager dans l'avenue presque déserte, dans l'aube naissante.

À un feu, il me touche le genou. Il tâche de me rassurer. « Rien n'est perdu », dit-il pour me redonner le moral tandis que nous traversons le bois de Boulogne envahi par une brume d'un blanc éclatant. Je ne dis rien.

J'ai conscience qu'il s'est aussitôt dévoué pour nous conduire à l'hôpital, qu'il a passé la nuit à mes côtés, qu'il s'est montré parfait — attentif, attentionné —, qu'il me plaisait encore quelques jours plus tôt, qu'il me faisait passablement envie, j'ai bien entendu tous ces éléments en tête, mais ai-je encore l'âge de tout vouloir expliquer, ai-je encore à *me forcer* pour quoi que ce soit ?

Lorsque nous arrivons, Richard est encore là — ce qui répond aussitôt à la question ennuyeuse que je me pose depuis que nous avons quitté l'hôpital, à savoir comment expliquer à Patrick que je ne vais pas pouvoir aller plus avant dans notre relation pour le moment et que je regrette de lui avoir laissé entendre qu'à la première occasion j'allais coucher avec lui.

Richard se dresse sur un coude à notre arrivée et m'interroge du regard. Lui, il sait. Richard est la seule personne qui sache — Vincent aussi, mais à un degré moindre — dans quel désarroi je me trouve à l'idée de perdre Irène, à quel point je me sens désarmée, sûre d'être renversée à la première attaque qui se produirait. Il arrivait à Irène de ne pas dormir pour veiller sur moi, à l'époque, quand une menace rôdait, quand une mère rendue folle de douleur, ou qui que ce soit d'autre, cherchait à se faire justice en se vengeant sur nous. Comment les choses allaient-elles se passer à présent ? À présent qu'elle n'allait plus veiller sur moi ?

Il se lève et vient me serrer dans ses bras. Je ne dis pas non. De tous les hommes que j'ai connus, il est sans doute le meilleur, oui, mais est-ce suffisant ? Est-ce admirable ? Ne peut-on pas rêver mieux ?

Je me laisse tomber dans un fauteuil. Les deux hommes se regardent. Je découvre que je ne suis pas morte à la rapidité avec laquelle je remarque la rivalité qui s'établit aussitôt entre eux — et au fait que j'en sois l'objet. C'est un peu de baume — léger, timide — sur mon cœur. « Oh, excusez-moi, dis-je en soupirant. Je ne sais plus si je vous ai présentés. »

Ils me répondent que si. Richard en profite pour remercier Patrick de l'aide qu'il m'a apportée et pour lui annoncer qu'il peut à présent rentrer tranquillement chez lui. Je regarde ailleurs. Je ne veux pas être mêlée à leur petit jeu. Je me sens lasse. Richard me tient serrée contre son épaule. « Oh, merci mille fois, Patrick, déclaré-je avec un temps de retard, alors qu'il tourne les talons. Merci mille fois, je vous appelle, je vous tiens au courant. »

Il m'envoie un petit signe dépité, assez touchant, comme il franchit la porte par laquelle s'engouffre un air glacé qui ronfle dans la cheminée.

« Un peu collant, non, tu ne trouves pas ?

— Je ne l'aurais pas invité si je le pensais, réfléchis une minute.

— Attends, est-ce que tu es sérieuse ? Tu veux me faire marcher, c'est ça ? »

Je m'esclaffe : « Seigneur ! Mais tu es en train de me faire une scène, Richard ! Une scène. Mais c'est la fin du monde. Tu es tombé sur la tête, j'imagine. Ou alors tu as perdu l'esprit. »

Nous ne nous sommes pas montrés très aimables envers Patrick, d'où la raison de mon humeur grincheuse. « Écoute, lui dis-je, n'allons pas plus loin dans cette voie. J'ai d'autres soucis, tu vois. Je ne me suis pas éclipsée toute la nuit pour *flirter* avec lui, si tu veux savoir. D'ailleurs en quel honneur aurais-tu à savoir quelque chose ? En qualité de quoi ? Je rêve éveillée, n'est-ce pas ?

— Bon, ne commence pas.

— Ne me dis pas ce que je dois faire, Richard.

Nous nous sommes séparés pour pouvoir vivre en paix l'un avec l'autre. Je ne te demande pas ce que tu fabriques avec ta standardiste à peine sortie de l'adolescence. Alors prends exemple sur moi. »

Dehors la brume se lève et le ciel s'éclaircit, l'aube se glisse entre les fûts sombres et les branches presque nues. Je respire. Comme si le jour était un havre, comme si un répit était accordé jusqu'au soir.

Je me fais couler un bain. Après le départ de Richard, après l'avoir assuré mille fois que tout allait bien jusque sur le pas de la porte, j'ai remis la machine à laver en route pour un troisième cycle complet, avec trempage et à la température maximale afin que mes draps soient débarrassés de leur saleté une fois pour toutes et je suis montée. Marty m'a emboîté le pas. J'ai verrouillé derrière nous.

Il s'est installé dans le lavabo et attend que je fasse couler un filet d'eau froide. Il a soif. Mais comme il est bien le seul à ne pas me fausser compagnie, d'une manière ou d'une autre — maintenant qu'Irène s'en mêle —, je m'empresse de le servir afin qu'il me témoigne un peu d'amour ou quoi que ce soit. Tandis qu'il boit en ronronnant — délicat exercice que seul un vieux chat peut maîtriser —, j'appelle Anna et je m'excuse de n'avoir pas répondu à ses messages hier. « Ma pauvre chérie, me dit-elle. Est-ce que ça va ?

— Je ne sais pas. Je vais prendre un bain, ensuite

je verrai. Je suis fatiguée. Je crois que c'est une commotion cérébrale, je ne sais pas très bien.

— Mais ça va ? Tu veux que je vienne ? »

Je dis que je vais me reposer, que je passerai la voir dans la soirée, après l'hôpital. Qu'elle pourra m'emmener boire un verre. Tout en lui parlant, je me glisse dans mon bain. L'idéal serait que je puisse oublier ce qu'Irène m'a demandé de faire, de ne plus y accorder la moindre pensée, mais ce n'est pas encore le cas.

« Je n'en reviens pas qu'elle t'ait fait ça, dit Anna. Je trouve ça vraiment terrible.

— Et juste après, elle me plaque. Anna, ce pourrait être son dernier souffle, tu sais. Est-ce que tu te rends compte ?

— Qu'est-ce que tu vas faire ?

— Quoi ? Qu'est-ce que je vais faire ? Hum. Rien, je pense. Non, il n'y a rien que je puisse faire. Qu'il disparaisse au fond de sa prison. »

Elle estime que j'ai raison, que rien ne nous lie à des dernières volontés non écrites, à des souffles mal interprétés, à des râles mal traduits, des gémissements vagues, que l'on n'entend pas bien, des délires de moribonds à peine audibles. Elle s'excuse pour sa brutalité — qui n'est pourtant que l'expression du bon sens le plus élémentaire, s'empresse-t-elle d'ajouter. On doit exaucer les vœux des mourants *jusqu'à un certain point*, précise-t-elle. Sinon autant entrer dans une secte, autant devenir ce genre de cinglé. « Tu sais que j'aime ta mère. Mais là, c'est non, dit-elle. Ça sort du champ. Ne t'en soucie pas. »

Au moment où je vais me coucher, on frappe à ma porte. C'est Patrick. Il vient voir si tout va bien, il part travailler et aimerait savoir si j'ai besoin de quelque chose qu'il pourrait me rapporter en rentrant. Je ne veux rien, mais je le remercie. Il prend un air à la fois jovial et triste et semble attendre quelque chose. Je serre mon peignoir autour de ma gorge tandis qu'une bande d'oiseaux noirs traverse le ciel en silence, dans son dos. «Eh bien, Patrick, dis-je, voilà, j'étais sur le point d'aller me coucher, figurez-vous. Je compte reprendre un peu de forces avant de retourner à l'hôpital.»

Il me sourit. Durant un instant, je me demande s'il ne va pas se jeter sur moi — puis je découvre avec horreur que j'ai passé mon peignoir à motifs bleus, le court, au lieu de l'autre à motifs bleus, le long, et non seulement ça, mais je suis en culotte. Je suis si épuisée que je suis venue lui ouvrir dans cette tenue ! Il est trop tard pour rattraper quoi que ce soit, au risque même d'aggraver les choses, de se rendre vraiment ridicule, de jouer la vierge effarouchée ou Dieu sait quoi. J'ajuste brièvement ma ceinture. Si j'avais craint de ne pas lui faire d'effet, j'aurais été rassurée, à présent.

Il toussote. «N'hésitez pas à m'appeler si je peux faire quoi que ce soit», dit-il en plongeant une main dans la poche de son manteau pour en sortir son téléphone afin, dit-il, d'échanger nos numéros et je trouve qu'il s'y prend de façon assez bizarre durant un instant.

« Vous venez de me prendre en photo ? demandé-
je. C'est ce que vous venez de faire, Patrick ? »
Il grimace, il rougit. « Oh mais non, Michèle.
Bien sûr que non.

— Moi, je crois que vous l'avez fait, Patrick.
C'est pour Facebook ou simplement pour vous ? »
Il nie, il secoue la tête en tous sens et pour finir,
comme je suis sur le point de lui refermer ma
porte au nez avec amertume, il va sur « Photos »
pour me montrer ses dernières prises de vue et je
reconnais qu'il ne s'agit pas de moi, ou plutôt il
s'agit bien de moi mais je ne suis pas à demi nue
sur le pas de ma porte mais couchée sur la banquette de l'hôpital, en chien de fusil, surprise par
les premières lueurs du jour qui vient et me bai-
gne d'une pâle clarté de communiante.
Une fois l'étonnement passé, je ne peux m'empêcher de rire et de faire une remarque sur cet air
stupide que j'ai en dormant.
« Bien sûr que non. Vous êtes très belle », me
dit-il.
Il fait vraiment très froid dans la tenue où je me
trouve. Pas un centimètre de chair qui ne soit
hérissé, pas un poil qui ne soit électrisé. Je vibre
encore au ton incroyablement touchant qu'il a
employé pour me faire cette déclaration. J'en
reste coite.
J'ai envie de le remercier pour le plaisir suave
qu'il m'a procuré, mais je m'abstiens pour ne pas
le rendre plus entreprenant qu'il ne l'est. « Nous
reparlerons de tout ça une autre fois, Patrick. Je
suis en train de mourir de froid. » Il sourit, il

m'adresse un petit signe de la main. Je ferme. Je pousse le verrou.

Derrière l'œilleton, je le regarde rejoindre sa voiture. Et tout à coup, il me vient à l'esprit que lorsque l'on en est à peser le pour et le contre avant d'entamer une relation, on met un pied dans le troisième âge — et même les deux.

Je me réveille au milieu de l'après-midi. Je vais la voir — je ne distingue que ce que m'en autorisent les masques, les tuyaux, les branchements — mais il n'y a rien à voir, elle ne remue pas un cil. Je lui tiens la main pendant un moment mais je ne sens pas sa présence. Je sens qu'elle n'est pas là, pour dire les choses autrement.

Nous ne nous entendions plus guère depuis quelques années — nos relations s'étaient détériorées après que Richard et moi nous étions séparés car j'avais écarté l'idée de partager la maison avec elle, situation qu'elle avait ardemment convoitée afin de pouvoir compter aussi largement sur moi que j'avais pu compter sur elle durant les années sombres. Mais si je pouvais rester un mois ou davantage sans la voir, je savais qu'elle était là. Maintenant, je ne sais plus où elle est.

Cette peur d'être démasquées. Qu'on nous reconnaisse et qu'il faille affronter toutes ces morts, toute cette injustice, toute cette folie. Trente ans plus tard cette crainte est toujours aussi tenace, irradiante. Irène avait fini par penser que le temps nous avait placées hors d'atteinte mais elle ne m'avait jamais convaincue et j'ai gardé — comme un vieil enfant continuant à sucer son pouce — l'habitude de me tenir plus ou moins sur mes gardes — plutôt moins, dirais-je, puisque j'ai trouvé le moyen de me faire violer comme les autres.

Lorsque j'avais rencontré Richard, j'étais sur le point de devenir folle, il ne se passait pas une semaine sans que nous ne soyons agressées d'une manière ou d'une autre, bousculées, secouées, giflées, humiliées, je passais des heures en larmes dans ma chambre, j'avais même dû quitter l'université où j'étais encore plus attaquée, brimée, plus harcelée qu'au-dehors — il faut croire qu'ils avaient tous un frère ou une sœur que la folie meurtrière de mon père avait emportés, ou un de leurs proches qui avait péri ou avait été dévasté. Je vivais dans une angoisse perpétuelle et je le maudissais chaque jour, à chaque moment de la journée pour nous avoir entraînées avec lui dans sa chute. Certains, en passant, se contentaient de me donner un coup de livre sur la tête.

Je l'aurais abattu moi-même, si je l'avais pu — il s'était toujours montré froid et distant avec moi, il ne m'aurait pas beaucoup manqué. Irène bondissait lorsque je tenais ce genre de propos et il arrivait parfois qu'elle se mît en tête de me corriger pour les avoir prononcés — ils représentaient un terrible blasphème à ses yeux et bien qu'elle eût mis un bon moment à perdre la foi, il lui en restait encore suffisamment au début pour me montrer quelles étaient les limites à ne pas franchir.

Je n'étais pas autorisée à souhaiter la mort de mon père — et moins encore à me déclarer prête à l'exécuter de mes propres mains. C'était sinon le Démon qui s'exprimait par ma bouche et une pluie de gifles s'abattait sur moi — dont habilement je me protégeais en croisant les bras devant mon visage, vaguement stoïque. Je ne comprenais pas pourquoi elle s'entêtait à le défendre quand nous endurions une sorte de calvaire par sa faute. J'avais un petit ami dont j'étais amoureuse, le premier avec lequel j'avais vraiment couché, le premier auquel je tenais vraiment, j'avais seize ans et il m'avait craché à la figure — c'est une des rares choses qui m'ont vraiment fait mal dans la vie —, et non seulement avait brisé mon cœur en mille miettes, mais il m'avait humiliée devant tous les autres, il m'avait tuée socialement. Quelle pitié pouvais-je ressentir à l'époque pour celui qui était la cause de ces souffrances que nous endurions ma mère et moi ?

Je ne devais rencontrer Richard que six longues années plus tard. Et j'avais eu le temps de m'endurcir et Irène celui d'admettre que trop de religion, trop de morale nous conduisaient droit dans le mur et qu'elle était plutôt jolie femme si elle consentait à s'arranger un peu, à changer d'allure — ce dont elle s'était acquittée avec beaucoup d'enthousiasme et quelques belles réussites qui malheureusement n'avaient pas tenu dans le temps.

Six années de chaos, d'errance, de fuite, de rumination. Je n'ai d'autre souvenir de cette période que celui d'une longue éclipse, d'un monde sans lumière duquel j'avais fini par penser que nous ne sortirions jamais, puis un jour un homme s'était interposé, il avait ramassé le steak que j'avais reçu en pleine figure et l'avait aplati à son tour sur celle de l'individu qui me l'avait lancé, cherchant même à le lui enfoncer au fond de la gorge, et cet homme était Richard, et trois mois plus tard il m'épousait.

Mon père était en prison et il allait le rester. J'avais mis un certain temps à comprendre qu'il s'agissait d'une excellente nouvelle. J'ai eu le temps de mener une vie complète, entièrement nouvelle, refaite à neuf, tandis qu'il croupissait dans sa cellule, j'en prends conscience aujourd'hui, mais ça ne suffit pas à m'attendrir.

Je relâche la main d'Irène qui ne m'a envoyé aucun signal et ne s'est pas réchauffée au contact de la mienne. Pourtant, son cœur bat. J'ai également le souvenir que nous avons formé une rude équipe durant ces années-là et je ne veux pas la perdre. Je savais ce qu'elle faisait, je savais d'où l'argent venait, même si elle refusait d'en parler ou inventait une quelconque idiotie que je finissais par accepter pour une question de confort.

Les jours sont courts, je pars avant que le soir ne tombe. Une étrange solitude m'envahit. Je m'arrête en chemin pour monter à son appartement, l'esprit ailleurs.

J'ouvre et je tombe nez à nez avec Ralf.

Et aussitôt, le problème se pose.

Je rejoins Anna et nous réfléchissons à l'idée

d'organiser une soirée pour les vingt-cinq ans d'AV Productions, ce qui a l'inconvénient de coûter cher et ne garantit aucun bénéfice, mais ne rien faire pourrait être pris pour un aveu de difficultés financières ou pour la marque d'esprits chagrins ou frondeurs et rien de tout cela n'est bon.

J'ai toujours éprouvé la plus grande admiration pour l'investissement total dont Anna fait preuve pour la maison que nous avons fondée — dans cette maternité où j'avais fait trembler les murs de mes hurlements —, soixante pour elle et quarante pour moi. C'est elle, la directrice. C'est elle qui travaille tard, le soir, le samedi et parfois même le dimanche. Ne prend que de courtes vacances. Parle aux banquiers. Je l'ai toujours admirée pour ça.

Je lui conseille de donner cette fête. Simplement parce qu'elle le mérite, parce qu'elle peut être fière. Le nombre de maisons de production qui ont fermé au cours de ces dernières années est tout simplement effrayant, mais AV Productions est toujours là.

« On ne sait pas, dit-elle. Le vent peut tourner. Il peut tourner d'un jour à l'autre. »

Anna avait refait une fausse couche en 2001, fin août, et si son emploi du temps de forcenée n'expliquait pas tout, chacun s'accordait pour lui en attribuer la plus large part. Robert estimait d'ailleurs qu'elle avait sacrifié l'enfant à sa foutue boîte de prod comme il l'avait alors appelée et comme il ne cesse de le faire depuis ce jour /... *ta*

foutue boîte de prod… tu veux parler de ta foutue
boîte de prod?… ne me parle plus de ta foutue boîte
d'accord?… encore à ta foutue boîte, hein?…/ C'est
non seulement l'éloignement qui sauve leur
couple, la distance qu'ils maintiennent entre eux,
Robert est la plupart du temps sur la route au
volant de son énorme Mercedes, rarement chez
lui plus d'une quinzaine de jours d'affilée, mais
plus encore ce manque d'intérêt d'Anna pour
tout ce qui n'est pas AV Productions. Elle a tous
les hommes à ses pieds mais ça ne l'intéresse pas,
le sexe ne l'intéresse pas. Non qu'elle s'y refuse à
l'occasion — si elle n'a rien de mieux à faire et si
Robert sort de prendre une douche et s'est bien
savonné — mais de là à dépenser une quelconque énergie pour finir dans un lit, sous un
homme en sueur, essoufflé et hirsute, c'est beaucoup trop pour elle. Elle est ainsi, et les femmes
ne l'intéressent pas davantage. Nous avons tenté
l'expérience, une fois, durant des vacances au
bord de la mer, mais nous ne sommes pas parve-
nues à rester sérieuses et concentrées suffisamment longtemps.

Il est plus d'une heure du matin lorsque nous
quittons son bureau et le froid et la nuit s'abattent
à nouveau sur moi tandis que nous avançons sur
le parking. Je m'arrête. Je crois que je vais me
mettre à pleurer, mais non. Je me mords la lèvre.
Anna me serre dans ses bras. La perdre sans la
perdre est encore plus dur que de la perdre réellement. Anna le comprend très bien. C'est comme

si je m'arrêtais de respirer. «Oui, bien sûr», me dit-elle en me caressant le dos.

Je me retrouve chez elle. Dans le frigo, nous avons trouvé des œufs de saumon et des blinis et manger un peu m'a fait du bien. Le verre de vin blanc, aussi. Nous parlons très fort. Nous reprenons un verre, nous rions.

Apparaît Robert sur le seuil, en caleçon Armani, le visage chiffonné de sommeil, les épaules basses.

Il soupire. «Non mais les filles, vous faites quoi, là ? Vous avez vu l'heure ? Vous avez le diable au corps, ma parole !»

Nous attendons qu'il ait tourné les talons, et regagné sa chambre, pour broncher. «Je ne sais pas ce qu'il a en ce moment, dit-elle. Il ne peut s'empêcher d'être désagréable.» Je hausse les épaules. Il est grand temps que je mette fin à cette stupide liaison — je me demande parfois si ce n'est pas sa stupidité même qui m'a attirée. Je sais que ça ne va pas être facile mais j'y suis prête et je fais le serment, ce soir même, cédant à un élan, à un violent besoin d'honnêteté envers Anna, sachant ma mère entre la vie et la mort, etc., de retourner le fer dans la plaie à la prochaine occasion en annonçant à Robert que j'ai décidé de mettre un terme à nos rendez-vous.

L'occasion ne se fait pas attendre. Au matin, lorsque j'ouvre un œil, les rideaux sont encore tirés mais il fait jour. Je ne suis pas chez moi. Et ce n'est pas Marty qui s'introduit dans la chaleur des draps et se faufile contre moi, mais la main hardie de Robert qui s'avance entre mes jambes comme en terrain conquis.

Je m'écarte d'un bond, serrant le drap contre moi. « Mais qu'est-ce que tu fais ?! » m'écrié-je.

Ma question semble l'étonner. Il fronce les sourcils. « Quoi ? Qu'est-ce que je fais, à ton avis ?

— Où est Anna ?

— Tout va bien. Elle est partie. »

Il est nu. Je suis en sous-vêtements, nerveuse, fébrile.

« Eh bien quoi ? reprend-il. Qu'est-ce qui t'arrive ?

— Nous n'avons jamais fait ça ici, Robert. Nous sommes chez elle.

— C'est aussi chez moi, *ici*.

— Oui. Peu importe. Écoute, ce n'est plus possible. Ça ne ressemble plus à rien. Nous devons arrêter. Tu sais, Robert, je sens les choses, je ne t'en ai jamais parlé — d'ailleurs de quoi avons-nous jamais parlé ? —, mais c'est une espèce de don et je sais que nous devons mettre fin à tout ça, Robert. Je crois que ça nous grandirait.

— Tu crois que ça nous grandirait ?

— Je ne te reproche rien. Tu as été un partenaire formidable et nous restons amis. Mais ça finissait par nous peser, non ? Tu le sais bien, ne dis pas le contraire.

— Ça te pesait ? Moi, ça ne me pesait pas du tout. »

J'ai eu le temps de sauter dans ma jupe. D'un coup sec, j'ouvre le rideau.

« Tu as grossi des seins, me dit-il.

— Je ne crois pas, non. Pas que je sache.

— Je te le garantis. »

J'enfile mon pull. Je cherche mes chaussures.

« Écoute, soupire-t-il, dis-moi seulement que tu n'en as plus envie et le tour est joué.

— C'est un peu plus compliqué que ça. Mais enfin, je te le dis, Robert, je n'ai plus envie de cette situation, de ces mensonges.

— Tu ne réponds pas à la question que je te pose.

— Pardon. Je n'ai plus envie d'avoir de rapports sexuels avec toi. C'était ça, la question ?

— C'est extrêmement brutal, Michèle. Je pense qu'il va me falloir un temps d'adaptation.

— Non, hors de question. C'est impossible. »

J'ai enfilé mes chaussures, boutonné mon manteau, attrapé mon sac.

« C'est comme le tabac, Robert, si tu n'arrêtes pas d'un seul coup, tu n'obtiens aucun résultat. Sois raisonnable. Nous sommes de vieux amis. Tout ira bien. »

Je lui envoie un petit signe amical de la main en sortant.

Je me noue un foulard sur la tête, relève le col de mon manteau et file dans l'air lumineux et glacé du milieu de la matinée vers un bar tranquille où nous nous retrouvons parfois, Anna et moi — les toilettes sont parfaites, lumière tamisée, musique Brian Eno, parfum genre Petite Chérie ou Sous le Figuier, plantes vertes, les lunettes des WC sont autonettoyantes, différents jets réglables ont remplacé l'emploi du papier hygiénique et l'on reçoit un souffle d'air tiède si l'on veut. Bref, j'ai besoin de m'arranger un peu, de me recoiffer. Je l'ai échappé belle, cependant. Je ne sais comment, par quel miracle, j'ai pu tirer ainsi mon épingle du jeu. J'ai bien cru que j'allais devoir lui céder une dernière fois, étant donné les circonstances et les antécédents, mais le pire n'est jamais sûr, heureusement. Les hommes à l'approche de la cinquantaine commencent à vieillir, ils réagissent moins vite, connaissent d'âpres moments d'hésitation, d'incertitude, de complet désarroi, même. J'inspecte ma poitrine dans un miroir. De face. De profil.

Je passe au bureau embrasser Anna et lui reprocher de m'avoir laissée dormir — et aussi de m'avoir laissée seule avec Robert, je sais que c'est idiot, mais il y a une fille un peu coincée en moi, tu le sais bien, et même cette fille-là sait que rien ne peut arriver, mais je n'y peux rien, même après toutes ces années, je ne veux pas me réveiller dans l'appartement de ma meilleure amie, seule avec son mari qui dort dans la chambre voisine, je sais, mais je préfère éviter ça, je sais, je suis une vieille conservatrice, non, vraiment, ça me gêne vraiment, mais bref, quoi qu'il en soit j'ai dormi comme un ange.

Elle m'a écoutée avec un air amusé puis elle m'apprend que le père d'Édouard-bébé est en prison pour trafic de drogue au fin fond de la Thaïlande. «Vincent n'a pas de dettes, me dit-elle. Ce type a besoin d'argent, si j'ai bien compris, pour payer un avocat. Vincent lui en envoie.

— Tu veux dire que *toi* tu lui en envoies.

— Mais maintenant, c'est terminé. J'arrête. Josie exagère, non ? Vincent possède un vrai don pour choisir ses petites amies. »

Elle n'en a, bien entendu, jugé aucune digne de lui, mais je concède qu'avec Josie il s'est montré particulièrement perspicace, particulièrement bien avisé.

De mon bureau, j'appelle Richard.

« Oui, dit-il, je suis au courant, figure-toi. Cette histoire de drogue est une pure arnaque. Ce type était devenu gênant, un point c'est tout.

— Alors encore merci Richard, merci de tout le mal que tu t'es donné pour me tenir informée !

— Quoi ? Attends, je ne suis pas censé te faire le compte rendu de mes conversations avec Vincent, il me semble. Alors calme-toi, tu veux.

— Tu as de la chance de ne pas te trouver en face de moi.

— Je peux venir. Je peux être là dans dix minutes.

— Mon Dieu, comment peux-tu être aussi grossier ? Tu n'as rien de plus aimable à répondre ? Quand mon seul crime se borne à réclamer d'être mise au courant des histoires qui se trament au sein de cette famille ? A fortiori lorsqu'elles concernent Vincent ? Eh bien, merci de l'accueil, Richard. Merci de l'accueil. Mais garde un peu de tes douceurs pour ta nouvelle amie, ne déverse pas tout sur moi. »

Le ton de cette conversation est celui que nous utilisions il y a quelques années, presque quotidiennement, avant que nous ne jetions l'éponge l'un et l'autre. C'est un mauvais souvenir. À cette époque, les premières illusions ont commencé à s'envoler, les premiers fruits verts sont apparus, les premiers abandons se sont déclarés. Nous avions quarante ans à peine.

Je raccroche. J'ai appris à couper court — rien n'est pire qu'une conversation qu'on laisse dégénérer, qui s'envenime, et dont il n'y a plus rien de bon à tirer pour finir, tandis qu'il vaut mieux laisser une blessure propre et vive, je rappellerai un peu plus tard quand la tension sera retombée, nous reprendrons tout ça plus calmement.

J'ai le droit de me comporter ainsi, avec lui. J'en ai d'autant plus le droit qu'il y a maintenant cette fille entre nous et qu'elle contrevient à toutes les règles que nous avions fixées pour continuer à vivre en bonne harmonie après notre séparation — or cette Hélène, c'est comme s'il se fichait carrément de moi.

Je ne connais personne qui aime se faire raccrocher au nez. Je laisse passer une heure, ignorant ses messages, rassemblant des notes, passant quelques coups de fil professionnels, et je rappelle. « Richard, je ne veux pas me disputer avec toi. Reprenons cette conversation d'un bon pied. S'il te plaît. Faisons-le pour Vincent. Essayons de ne pas penser à nous, d'accord ? »

Il me répond par un silence éloquent. « Qu'est-ce que tu fais ? lui demandé-je.

— Qui ça ? Moi ? Oh, rien de spécial. Tu veux dire en ce moment ? Rien de spécial.

— Je ne te dérange pas, alors.

— Pas du tout. Je suis dans mon bain. Quoi de neuf, du côté d'Irène? Je suis passé la voir. Elle m'a foutu les jetons, tu sais.

— Bien sûr. Non. Aucun changement. Elle est vieille, tu sais. Elle est vieille *à l'intérieur*, elle a usé ses forces. Mais c'est effrayant de la voir ainsi, tu as raison. C'était toi, les fleurs. Je m'en suis doutée. Merci. J'ai changé l'eau du vase.

— Et toi, ça va?

— Oui et non. Je ne sais pas comment dire ce que je ressens — je suis encore sous le choc, je prends du Lexomil. Excuse-moi d'avoir raccroché tout à l'heure. Tu ne le croiras pas, mais je tremble comme si j'avais froid.

— Inutile de t'excuser. Je sais l'épreuve que tu traverses.

— Je sais que tu le sais, Richard. Et c'est réconfortant pour moi qu'il y ait quelqu'un qui le sache, pour que je ne sois pas seule. En tout cas, je suis heureuse que tu sois au courant pour Vincent, au moins je peux dire ouf et dormir l'esprit tranquille, sachant que tu gardes un œil sur cette histoire aussi bien que je l'aurais fait moi-même, si ce n'est mieux.

— Et si l'on décidait qu'il est assez grand pour se débrouiller seul? Anna a eu tort de lui donner cet argent.

— Excuse-moi, Richard, mais comment peux-tu dire que Vincent est assez grand pour se débrouiller tout seul? Est-ce que tu plaisantes? A-t-il déjà fourni la moindre preuve de quoi que ce soit? Je ne sais pas, a-t-il parcouru des déserts, cinglé des océans, gravi des montagnes avant d'atterrir entre les bras de Josie ? En quel honneur faudrait-il lui accorder des qualités qu'il n'a encore jamais montrées, à ma connaissance ? Simplement parce qu'il est notre fils ? Et qu'il serait dès lors plus intelligent que les autres ?

— Eh bien oui, pourquoi pas ? »

Je n'oublie pas qu'il pense écrire les meilleurs scénarios du monde — son travail pour la télé, dit-il, ne mérite pas qu'on en parle. Je l'ai souvent observé ruminant sur son siège de bureau après avoir essuyé un refus ou trouvé l'objet de ses espoirs retourné par la poste en envoi ordinaire et je n'ai jamais décelé la moindre trace de doute en lui quant à sa valeur — et j'avais aimé par-dessus tout cette force qui l'habitait, cette assurance qu'il me communiquait, quand je ne cherchais qu'à rentrer sous terre, me blottir dans l'obscurité complète sans plus oser même prononcer mon nom.

« Et toi, répliqué-je, que dirais-tu d'une mère qui regarderait son fils foncer dans le mur sans broncher ? Simplement pour voir comment le grand garçon se débrouille. »

Le silence me répond — mais j'entends sa respiration, le clapotis de son bain. Dehors il fait beau mais le vent souffle assez fort, ronfle aux fenêtres et les arbres se tordent dans tous les sens.

« Ne prends pas mal tout ce que je te dis, soupiré-je. Je sais que tu penses faire pour le mieux, mais tu le connais mal, enfin non, tu ne le connais pas mal, mais tu présumes de ses forces, tu ne tiens pas compte de ses faiblesses et tu l'envoies à l'abattoir.

— À l'abattoir? Tu as de ces mots, putain!

— Ton fils sert des frites dans un McDo, Richard. Il est peut-être temps de se réveiller?

— Vendre des frites à vingt-quatre ans n'a jamais tué personne.

— Mais il semblerait qu'il ait maintenant une femme et un enfant à charge. Tu vois la différence ou non? Écoute-moi. Élever un enfant, c'est aller jusqu'au bout, ce n'est pas l'abandonner au milieu de la route. Et je sais ce que tu vas me dire, qu'à son âge ce n'est pas au milieu de la route qu'on l'abandonne, qu'il est temps pour lui de faire ses preuves, mais considère une petite seconde la possibilité qu'il ait mis le pied dans un piège. Essaye de te le représenter. Tu n'irais pas l'aider? Moi, il ne m'écoute plus, mais toi. Tu ne peux pas lui expliquer qu'elle *n'est pas* sa femme et que l'enfant *n'est pas* son enfant? Tu ne peux pas lui faire entendre raison?

— Écoute, je crois qu'il est assez grand pour s'occuper de ses affaires. Voilà ce que je crois.

— Non, attends. Mais qu'est-ce que tu me racontes, Richard? Je ne te suis pas.

— Tu m'as très bien compris.

— Est-ce que je dois comprendre que tu ne vas rien faire, que tu vas rester les bras croisés? Mais qu'est-ce qui vous prend? Est-ce que tu es devenu fou, toi aussi? Vous le faites exprès?»

Cette fois, c'est lui qui raccroche, mais comme j'ai anticipé sa réaction, je ne ressens rien, ça ne vaut pas grand-chose, non, ça ne vaut pas un point entier.

Je regarde dehors, les arbres de l'avenue, le monolithe noir de la tour Areva, les toits balayés par le vent, les minuscules passants emmitouflés, courbés en deux, la course des nuages. Nous ne sommes plus qu'à quelques jours de Noël. Le plus dur est de regarder sans bouger le désastre s'accomplir. D'avoir su, mais de n'avoir pu agir. Nous allons nous en mordre les doigts, de toute évidence.

J'emporte quelques scénarios et je rends visite à ma mère — dans le hall, j'achète des magazines et deux salades composées. Dans l'ascenseur je prends conscience que ma mère ne peut plus lire ni manger — ni parler, ni marcher, ni battre des cils, une chose qu'elle faisait si bien — et je dissimule un spasme de tristesse derrière ma main.

À tout hasard, je lui fais un moment la lecture — le Vieux Continent poursuit sa chute et continue de rendre l'âme entre les mains des méchants banquiers. J'avoue avoir un peu peur qu'elle ne se réveille subitement et ne s'accroche à moi pour savoir si je me suis acquittée de mon soi-disant devoir moral envers son cher mari.

S'est-elle acquittée du sien envers lui en menant une vie de bâton de chaise, en bafouant toutes les règles de moralité possibles ? De quelle abominable manœuvre n'a-t-elle pas usé pour m'obliger à voir mon père, de quel abject coup bas ne s'est-elle pas servie pour m'imposer sa propre volonté — celui de la commotion cérébrale se distingue par sa perfidie écœurante et son peu de souci de l'autre.

C'est le milieu de l'après-midi, mais le soir commence à tomber. Un avion traverse le ciel et sa traînée blanche s'incurve doucement vers le couchant nimbé d'un orange laiteux, tandis que son extrémité se désagrège, puis se disperse jusqu'à disparaître tout à fait dans l'azur.

« Il ne faudra pas m'en vouloir, dis-je. Tu le sais. Tu ne peux pas faire comme si tu ne le savais pas. » La salade est infecte, pleine d'olives noires trop salées. Aujourd'hui, quelqu'un est venu et l'a coiffée et je me sens fautive.

Je ne peux pas la fixer trop longtemps. Sinon, je finis par me mettre à pleurer. Mais si je me contente de laisser glisser mon regard sur elle, si je ne m'attarde pas trop sur son visage dont la peau ressemble à du carton, si je ne lui jette que de brefs coups d'œil, sans insister, je parviens à supporter l'exercice qui consiste à veiller une mère dans le coma, à tenir sa main froide, à attendre on ne sait trop quoi au juste en regardant par la fenêtre. En fin d'après-midi, ils viennent accrocher des boules et suspendre des guirlandes de papier doré dans les couloirs. « Il n'est pas question que j'y aille, maman. Je ne sais pas si tu m'entends, mais il n'est pas question une seconde que je le fasse, maman. Il n'est plus rien, pour moi. J'ai honte de cette partie de moi qui me rattache à lui, ne me le fais pas répéter cinq cents fois. Je ne te reproche pas toutes ces visites que tu lui as rendues, je t'ai laissée faire, j'ai respecté ta décision, alors s'il te plaît, respecte la mienne, maman, ne me force pas à faire ce qui m'est insupportable. Tu es sa femme, je suis sa fille. Nous n'avons pas la même vision des choses. Toi, tu es allée le chercher. Mais je ne te le reproche pas, tu ne pouvais pas deviner. Mais quand même, tu es allée le chercher. Moi pas. Tu peux rompre tous vos liens. Moi pas. Son sang coule dans mes veines. Tu comprends où est le problème ? Je n'en suis pas sûre. Je ne crois pas que tu te mettes à ma place un seul instant, et que tu puisses exiger de moi une chose pareille prouve bien que tu ne te mets pas *du tout* à ma place. »

Je me tais car un infirmier entre pour voir si tout va bien.

Ralf arrive au moment où je m'en vais. Il profite de cette rencontre pour évoquer de nouveau la question de sa présence dans l'appartement d'Irène. « Ne mettez pas le feu, c'est tout ce que je vous demande, lui dis-je. Pour le reste, attendons d'y voir plus clair. »

Ralf est un mystère. Que cherche-t-il au juste ? À moins qu'il ne fasse une fixation sur les vieilles femmes, je ne vois pas ce qu'il attend d'une liaison avec ma mère — et je n'ai pas le sentiment qu'Irène, bien que je ne puisse lui nier une certaine expérience en la matière, soit une partenaire sexuelle hors norme. Richard me conseille de ne pas me préoccuper de ça. « Tu as raison, dis-je. Je ne dois vraiment pas. C'est bon, on ne l'invite pas. » C'est mieux. Je n'aborde pas la question de la présence ou non d'Hélène à ce repas de famille, mais je n'en pense pas moins. Je laisse Richard faire ce qu'il estime devoir faire. Il a une âme, il a une conscience, il est libre de choisir, alors qu'il choisisse. Nous buvons un verre à une terrasse ensoleillée, miraculeusement abritée, et la neige tombée dans la nuit se cristallise et brille sur les trottoirs. Il ne fait pas très froid. « Mais rien n'empêche d'inviter Patrick et sa femme, dis-je, qu'en dis-tu ? Ils apportent un peu de sang neuf. Ils sont gentils.

— Il n'est pas *gentil*. Il travaille pour une banque.
— Oui, je sais. Mais bon, disons que je me sers de mon joker. Essayons d'égayer cette soirée autant que possible. S'il te plaît. Changeons-nous les idées. »

Il prend mes mains et les frotte dans les siennes, mais il sait que je ne lui pardonnerai jamais de m'avoir giflée et ces gestes d'attention envers moi désormais se réalisent en soupirant — me caresser le dos, me tenir contre son épaule, me masser les chevilles, etc. Il me disait, il n'y a pas si longtemps : « Trois ans, Michèle, ça va faire trois ans, plus de mille journées, est-ce qu'on ne pourrait pas... » Je l'ai interrompu : « Certainement pas, Richard. Tu rêves. Tout ne peut être absous, malheureusement. Même si je le voulais, je ne le pourrais pas. Personne n'y peut plus rien, Richard, il faut se faire une raison. »

J'ai une sainte horreur de cet étalage de sentimentalisme qui nous saisit, l'un ou l'autre, ici et là, à l'occasion d'un souvenir ou d'un verre et qui nous rend, stupidement, presque larmoyants. Stupidement, car sans aucun espoir d'amélioration. Aucun espoir de se racheter de son côté, aucune chance d'effacer la tache — en cela il rejoint mon père, cette aptitude à être damné, car leurs actes irréparables les ont à jamais privés de rédemption, les ont bannis.

Mais il se sent beaucoup mieux, ces derniers temps, il supporte bien mieux le fait d'être responsable de la rupture finale pour avoir levé la main sur moi — puis l'avoir abattue brutalement sur ma joue —, il s'accommode bien mieux de m'avoir perdue à tout jamais depuis qu'il a rencontré Hélène, je crois vraiment qu'il ne va pas mourir de chagrin, que cette fille agit sur lui comme un puissant antidépresseur.

Je reprends mes mains, le soleil brille toujours. Ses gémissements sont moins déchirants depuis qu'il couche avec elle. Il semble également plus frais, plus en forme, je le vois à ce visage souriant qu'il offre — je ne me souvenais plus qu'il savait sourire —, à sa façon d'être plus patient. C'est tout à fait déprimant. Cette fille arrive et elle ne prend que le meilleur. Je commande une vodka. Je fume une cigarette.

Richard fait des propositions de menu, je hoche la tête, je l'écoute à peine. Je n'ai plus beaucoup d'appétit depuis qu'Irène est à l'hôpital. J'ai même quelques nausées. J'espère que je ne suis pas enceinte. Je plaisante. Comment le serais-je d'ailleurs ? En dehors d'être violée, ma vie sexuelle se résume à un morne désert depuis un moment et ce n'est pas son cas, à l'évidence.

Maman meurt pendant la messe de minuit. Nous avons quitté la table, nous avons ouvert les cadeaux, nous nous sommes mis au Bollinger et nous ne le regrettons pas. L'ambiance est familiale, affable. Dehors, malgré les environs couverts de neige, il fait presque doux et certains sortent fumer des cigarettes. Je craignais un peu de crispation entre Anna et Josie mais Anna a très vite bu quelques verres et s'est très vite sentie d'humeur joyeuse — au point d'aller caresser la joue d'Édouard-bébé endormi dans les bras de sa mère. Le ciel est clair, étoilé. Rébecca, la femme de Patrick, une petite rousse au visage anguleux, déclare que les étoiles sont resplendissantes. Il nous apprend alors qu'elle a été baptisée quelques mois plus tôt, à sa demande expresse, après avoir vécu une expérience mystique en visitant la cathédrale de Beauvais et qu'elle aimerait beaucoup regarder quelques images de la messe de minuit si ça ne dérange personne. « Non, allez-y, il suffit de baisser le son », dis-je. C'est à ce moment que mon téléphone vibre dans ma poche.

Pour commencer, je n'entends rien, des crachotements lointains. Je me lève et me dirige vers la porte d'entrée en demandant à mon interlocuteur de répéter car la liaison est mauvaise. Je sors. Je dis : « Oui ? Allô ? », et on m'annonce alors qu'elle est morte. Je ne sais pas quoi dire. Je fais : « Ah ? » Je raccroche aussitôt et je bloque les appels entrants. Je frissonne.

Un instant, j'hésite à rappeler l'hôpital pour m'assurer que j'ai bien entendu. Je m'assieds dans un fauteuil d'osier qu'elle nous a offert quand Richard et moi avons emménagé dans cette maison et il produit l'affreux grincement que j'ai envie de pousser mais je reste silencieuse. Un instant, je me tiens aux accoudoirs et j'attends que le tremblement de terre finisse.

Quand il finit, je suis moite, mes tempes sont humides. La lune resplendit au-dessus des bois, Paris brille au loin. Un hérisson traverse le jardin devant moi. J'entends des rumeurs de conversation. Je me retourne et je vois Anna et Vincent fumant leur cigarette d'un côté, et de l'autre Patrick et Robert qui a trouvé quelqu'un à qui exposer sa parfaite science du cigare.

Tout est en place, tout est parfaitement tranquille. Personne ne s'est aperçu de quoi que ce soit. Je me force à ralentir ma respiration, à contenir les battements de mon cœur.

Puis je me lève. Je souris sans peine. Je leur demande s'ils veulent quelque chose puis je rentre en riant à une remarque de Robert à laquelle je n'ai pas compris un traître mot, mais je donne parfaitement le change. Ils n'y voient que du feu. Je rentre. Rébecca est assise en tailleur sur le canapé, les yeux écarquillés devant les images silencieuses de la messe de minuit. Les trois autres sont regroupés près de la cheminée avec des verres. Je m'assieds à côté d'elle.

«Je viens d'apprendre que ma mère est morte», dis-je en fixant à mon tour des images en direct de Notre-Dame.

Elle me regarde et se contente de hocher la tête. Je ne sais pas où elle est au juste, mais certainement pas là, pas à côté de moi. Je lui souris. En lui confiant l'affreuse nouvelle, j'en desserre l'étreinte. Et en même temps, j'en conserve le contrôle, je ne suis pas obligée de la partager avec les autres pour le moment et ce n'est pas Rébecca qui me trahira. Je lui propose une infusion ou une part de bûche. Elle est très enthousiasmée par les deux. Je prends la commande. J'avais le souvenir d'une femme un peu bizarre, vaporeuse, mais pas à ce point. Je vais à la cuisine pour l'infusion. Quand je passe, Richard m'adresse un clin d'œil amical et si lui ne voit rien, si rien ne lui semble anormal, c'est que mon camouflage est d'excellente qualité.

Lorsque je reviens, chargée d'un plateau pour Rébecca, les autres rentrent à leur tour, accompagnés d'une odeur de terre glacée. Les conversations reprennent, les regards se croisent et très vite, je me mets à flotter doucement parmi eux avec mon terrible secret serré contre ma poitrine comme un talisman chaud.

À l'aube, je referme ma porte sur les talons de Robert et Anna qui sont les derniers à partir et j'ai le sentiment d'avoir procuré un sursis de quelques heures à Irène, ainsi qu'à moi-même, et que nous en avons profité — nous avons réussi à passer ces derniers moments ensemble, à l'écart, toutes les deux, et seules comme autrefois, sans personne sur qui compter, et j'en suis profondément satisfaite, j'en ressors apaisée. Je suis restée sur le seuil quelques instants, attendant leur départ, attendant que Robert retrouve les clés de sa voiture, et un merle s'est posé à quelques mètres de moi, et à la manière dont il se comportait, inclinant la tête sans me quitter de l'œil, dans une attitude bravache, il donnait l'impression que nous étions de vieilles connaissances, que nous savions très bien de quoi il retournait. Avant d'aller me coucher, je lui coupe quelques morceaux de pomme que je lui sers dans une petite assiette.

Je me réveille au milieu de l'après-midi et commence à diffuser la funeste information autour de moi, récoltant mon lot de silences embarrassés, encouragements à surmonter l'épreuve, offres d'aide en tout genre, mais je ne veux voir personne et je parviens à me débarrasser de toutes ces bonnes âmes.

Sauf de Patrick. Mais sa visite n'est pas en relation avec le décès d'Irène — qu'il ignore, bien entendu —, elle s'effectue dans le cadre d'une recherche, en l'occurrence de certaine gourmette sans valeur mais que Rébecca avait rapportée d'un pèlerinage à Lourdes. «Je suis désolé, mais elle est comme folle à l'idée de l'avoir perdue», me dit-il en tâchant de passer la main entre le dossier et l'assise du canapé que sa jeune femme n'a pas quitté de la soirée. «Encore mille mercis pour ce magnifique réveillon», ajoute-t-il en

poursuivant son âpre recherche, les genoux flé-
chis, le front plissé, un bras plongé entre les coussins jusqu'au biceps.

Je fais signe qu'il ne faut pas me remercier tout
en observant cet homme accroupi à mes pieds.
En lui ouvrant la porte, j'ai aperçu la brume qui
flottait alentour, entendu un aboiement dans le
lointain, comme s'il traversait du coton.

Il n'est que quatre heures mais la lumière commence à baisser. Combien de fois l'ai-je fait avec
Richard, juste là, sur ce canapé, ou encore avec
Robert ou avec ce violoniste ou je ne sais qui
encore, durant toutes ces années ?

«Et hop, la voilà !» fait-il brandissant la fameuse
gourmette et souriant d'une oreille à l'autre.

Mon entrejambe se trouve à peu près au même
niveau que son nez — à environ un mètre.
Certes, je ne me suis pas trompée de peignoir
cette fois, je porte le long, mais je l'ai laissé prudemment s'entrouvrir. J'attends. Il sourit toujours et reste sans bouger. Je lève les yeux et
admire la découpe des bois enneigés dans le
bleuissement du soir, puis j'estime que le temps
imparti est écoulé et je fais demi-tour pour me
diriger vers la porte. «Irène nous a quittés ce
matin, déclaré-je. Pardonnez-moi de ne rien
vous offrir, Patrick, mais j'ai besoin d'être seule.
Embrassez Rébecca pour moi, voulez-vous ?»

Il se relève, semblant un instant tituber sous les
divers sentiments qui l'assaillent, mais la mort
d'Irène paraît l'emporter et il bat en retraite,
s'excuse maladroitement, m'embrasse les mains

mais il est trop tard s'il pense *à présent* aux choses auxquelles je pensais il y a moins d'une minute et qui se sont malheureusement évanouies dans mon esprit — ces élans ne se commandent pas.

Nos bureaux sont fermés entre Noël et la Saint-Sylvestre et je mets ces quelques jours à profit pour m'occuper des terribles choses que sont l'enterrement et le tri de ses affaires.

Perdre sa mère pendant les fêtes est particulièrement éprouvant car les services funéraires fonctionnent au ralenti et à la douleur s'ajoute cette impression de vernis, d'irréalité, de temps suspendu, d'engourdissement, qui rend la disparition de celle qui vous a porté dans son ventre encore plus angoissante et incompréhensible.

Ralf me promet de libérer les lieux avant la fin du mois de janvier. C'est loin mais je ne dis rien, je peux aisément comprendre qu'il ne peut pas se reloger à la seconde et j'accepte — nous convenons de quelques moments dans la semaine durant lesquels je peux venir, qui le dérangeront le moins possible, afin de commencer à trier les affaires d'Irène, mettre des choses en cartons.

Je jette un rapide coup d'œil dans l'appartement pour, lui dis-je, me faire une idée du déménagement qui m'attend. Je l'entretiens également des dispositions que j'ai prises pour l'enterrement, s'il décide d'y assister.

Je l'ai vexé. Que j'aie pu imaginer une seconde qu'il ne viendrait pas à l'enterrement d'Irène le blesse profondément. « J'ai simplement voulu dire que rien ne vous y engageait formellement,

Ralf, mais vous êtes le bienvenu, vous le savez bien. »

Je découvre ce côté soupe-au-lait que je n'avais pas encore détecté chez lui. Richard me dit que ça ne l'étonne pas, qu'il a tout de suite eu ce sentiment en le voyant. « Ce sourire un peu pincé qu'il a, tout à fait identifiable. Sûrement un chieur.

— Oui, tu as raison. Mais il couchait encore avec elle il n'y a pas si longtemps. Ce n'est pas rien. Ce n'est pas un vague cousin éloigné. Il l'a tenue dans ses bras, il l'a embrassée, il s'est frotté contre elle. C'est effrayant, d'une certaine manière.

— Qu'est-ce qui est effrayant ?

— Qu'est-ce qui est effrayant ? Eh bien, je ne sais pas, ce rapport qu'ils ont eu, cette connaissance qu'il a d'elle, leur différence d'âge, leur intimité… Tu sais ce qui est terrible ? Elle désirait deux choses. Elle voulait se remarier et je m'y suis opposée. Totalement. Voilà pour la première. L'autre concerne mon père, elle voulait que j'accepte de le revoir au moins une fois avant qu'il ne soit trop tard et ne perde complètement la raison. Ce que j'ai refusé de faire. Qu'en penses-tu ? C'est un bilan pour le moins mitigé, n'est-ce pas ? Je me dis que Ralf a peut-être été la dernière personne à lui procurer du plaisir, en tout cas, si ce n'est pas lui, ce n'est à l'évidence pas moi, et j'en ai terriblement honte et j'en suis affreusement triste. »

Nous déambulons entre les pierres tombales en

exposition, passons en revue les cercueils. De l'autre côté de la route, c'est un concessionnaire de caravanes dont les fanions défraîchis faseyent dans le ciel gris. Richard me donne le bras. J'espère qu'Hélène finira vite par s'apercevoir que les choses ne sont pas très claires entre lui et moi et qu'elle finira par exploser. Et vous verrez que c'est encore vers moi que se tourneront les regards, mon attitude que l'on va critiquer. Comme si je le forçais à faire quoi que ce soit, comme si je l'obligeais à me tenir compagnie. Je crois qu'il sait ce qu'il fait. Et s'il ne le sait pas, j'en suis la première désolée.

Quoi qu'il en soit, je me félicite de l'avoir avec moi car la tête me tourne et je me révèle incapable de *choisir*, de me *décider* pour un modèle ou pour un autre avec tel ou tel capiton et je supplie Richard de s'en charger, de faire au mieux tandis que je sors prendre l'air et même fumer une cigarette.

La mise en terre a lieu le jeudi. Le ciel est blanc, il tombe quelques flocons qui tourbillonnent au moindre souffle, glissent à la surface du cercueil astiqué, resplendissant. Richard et Vincent m'encadrent, je les sens prêts à intervenir aussitôt en cas de défaillance, je n'ai pas besoin de m'inquiéter de la présence d'un siège à proximité pour le cas où je vacillerais sur mes jambes, je suis entre de bonnes mains.

Je ne tiens pas jusqu'au bout, je n'ai pas ce courage. Je ne veux pas assister à la descente du cercueil, mais je ne veux pas perturber le déroulement de la cérémonie, je leur fais signe que tout va bien, que je n'ai besoin de personne, et je me dirige vers la sortie. Je fais quelques pas, puis je m'évanouis.

Je reprends connaissance un peu plus loin, sur un banc que l'on a évacué à mon intention. Je ne suis pas surprise. Le choc est vraiment rude. Le gardien des lieux, qui en a vu d'autres, me conseille de manger un sucre — je suis son troisième évanouissement depuis le début de la semaine. Je me redresse. Je rassure ceux qui sont penchés sur moi. Je suis blanche comme une feuille de papier, paraît-il. Oui, sans doute, mais ça va, maintenant. C'était une épreuve assez dure à passer. On se croit toujours plus fort qu'on ne l'est en réalité, et voilà ce qui arrive, dis-je. La réalité se charge de vous remettre à votre place.

Patrick, lui, se charge de me raccompagner — j'ai été déclarée inapte à la conduite et menacée d'être ficelée sur le siège arrière d'une voiture si je m'entêtais à vouloir prendre le volant après la démonstration de self-control que je venais de leur faire en m'affaissant au milieu des tombes comme une faible petite chose.

Je suis dans un état d'esprit relativement sombre, j'aimerais mille fois mieux rentrer seule et ne plus prononcer un mot avant l'aube du jour suivant, mais ils me portent presque jusqu'à sa voiture, m'installent, fixent ma ceinture, se penchent à mon carreau pour me dire de me tenir tranquille — j'évite le regard concupiscent de Robert qui devient une plaie et une source d'inquiétude — jusqu'à nouvel ordre.

« Ne me faites pas la conversation, dis-je dès qu'il démarre. Merci. »

Nous longeons les quais, traversons la Seine, puis des bois, sans que je lui accorde un seul regard ni ne lui adresse un seul mot et il ne se manifeste pas, il conduit tranquillement, en silence, sous une petite neige fine qui commence à obscurcir le ciel. « Nous avons eu de la chance, dis-je.

— Ils annoncent de fortes rafales dans la nuit. Il faudra fermer vos volets. »

Je hoche la tête. Sa compagnie ne m'est pas désagréable, mais parler m'est vraiment pénible. Et aussi, il m'exaspère, pour dire la vérité. Ce perpétuel contretemps avec moi, ce perpétuel décalage entre nous.

Lorsque nous arrivons, je n'attends pas, je sors.

Il n'a toujours pas démarré lorsque j'atteins ma porte. Maintenant que je sais mieux à quoi ressemble Rébecca, son épouse, je me sens plus clémente à son égard. Spéculer sur le prix des matières premières ou mettre au point de nouveaux systèmes financiers ne requiert pas de qualités humaines exceptionnelles ni de sensibilité hors du commun, sans doute, mais peut-on souhaiter à quelqu'un de partager sa vie avec une personne telle que Rébecca ?

Je hausse les épaules et entre chez moi. Je débranche l'alarme. Je regarde dehors, mais je ne le vois plus car il neige soudain en abondance. Ce matin, avant de partir, j'ai monté le chauffage et il fait bon. La maison paraît grande depuis que je l'habite seule, mais elle était parfaite quand Richard et Vincent étaient là, et surtout au début lorsque Irène logeait avec nous. J'avais aménagé une grande pièce sous le grenier, un endroit pour travailler, avec mon bureau et quelques coussins et un grand écran, et Irène occupait une partie du rez-de-chaussée, nous n'avions pas trop de place au bout du compte, jusqu'à ce qu'elle finisse par nous rendre fous et que nous décidions de lui payer un loyer pour qu'elle habite *ailleurs* — avant que le sang ne coule.

Je l'ai achetée il y a une vingtaine d'années après le succès inattendu de l'un de nos premiers projets et je la maintiens en bon état pour qu'il reste au moins quelque chose de solide dans cette famille, pour qu'elle reste debout, pour que tout n'ait pas été fait en vain. Elle est traitée contre les termites. Quelques tuiles se sont envolées durant la tempête de 99 et nous en avons profité pour refaire la toiture. Richard ne l'a jamais tellement aimée car il ne supportait pas de ne devoir ces murs et ce toit qu'à mes seules compétences.

Je n'ai jamais réussi à lui ôter ces considérations de l'esprit. J'ai fini par abandonner. J'ai fini par oublier que tout ce qui n'est pas résolu resurgit tôt ou tard, avec plus d'acuité, et ce mal nous a rongés jusqu'au dernier instant.

Je monte au grenier pour évaluer la place dont je dispose pour stocker les affaires d'Irène et j'en profite pour espionner la maison de mon voisin.

La neige tombe en cascade, en silence. Quelques guirlandes lumineuses scintillent aux fenêtres du rez-de-chaussée, la cheminée fume, le ciel est envahi d'une claire pénombre.

Je n'ai pas très faim, mais je décide d'aller manger un peu pour reprendre des forces. Je mets des écouteurs et j'écoute l'album *Felt* de Nils Frahm tandis que je casse des œufs au-dessus de la poêle, une cigarette au coin des lèvres. Maman est bien morte, cette fois, ça ne fait plus aucun doute, et pourtant Nils Frahm finit par m'enchanter totalement.

Une vraie tempête se lève, à présent, et l'on ne sait si c'est elle ou l'heure qui obscurcit le ciel. Malgré les écouteurs, j'entends le vent gronder. Je me mets en pyjama. Je me démaquille.

Le soir tombe lorsqu'il vient m'expliquer qu'il n'est pas tranquille à la vue de tous mes volets ouverts par ce temps. «Je ne voulais pas vous déranger, puis je me suis dit c'est trop bête, la moitié de vos vitres vont voler en éclats si on ne fait rien.» J'hésite une seconde, puis je le laisse entrer. Nous avons du mal à refermer la porte. Il me détaille de la tête aux pieds. Cet homme a le chic pour me trouver dans des tenues improbables. «Vous auriez dû voir ce spectacle en 99, dis-je, c'était la fin du monde.»

Mais je termine à peine ma phrase qu'il s'est déjà précipité sur la fenêtre la plus proche et l'ouvre en grand pour attraper le volet rabattu contre le mur. C'est une lutte sans merci contre les éléments qu'il doit aussitôt livrer. Il se plie en deux, ses cheveux sont dressés sur sa tête, il grogne. J'hésite à me jeter dans ce tourbillon furieux qui provoque déjà quelque remue-ménage dans le salon, mais grâce à Dieu, il parvient à refermer le volet et tout redevient calme. « Patrick, je n'ai jamais compté, dis-je, mais je pense qu'il y a bien une vingtaine de fenêtres dans cette maison.

— C'est un vent d'ouest. Occupons-nous de ce côté-là en priorité. »

Il est plein de cette autorité qui lui fait si souvent défaut en d'autres circonstances. Je lui obéis, je le rejoins devant la fenêtre suivante. Il pose une main sur la poignée. Je lui donne le signal. Le vent glacé s'engouffre. Tandis que Patrick se charge de la fenêtre, je me penche au-dehors pour attraper le volet et tire de toutes mes forces pour le ramener à moi. Il claque. « Parfait », déclare mon charitable voisin qui s'est empressé de refermer derrière moi. Je reste figée une seconde, encore étourdie par l'exercice. Il tend ses deux mains et me caresse les bras à travers la fine et douce étoffe de mon pyjama — il y a la longueur de ses bras, soit environ cinquante centimètres de vide entre nous.

« Voyons la suite à l'étage », déclare-t-il cependant que je reprends mes esprits et essuie les larmes que le vent a fait couler.

Ma chambre est à l'ouest. Il s'arrête devant la porte. M'interroge du regard. Je baisse la tête et la hoche. Nous entrons. Mon lit est défait, mes sous-vêtements jetés sur un fauteuil. Je n'attendais personne.

«Je n'attendais personne», dis-je en suivant son regard.

Il feint de découvrir l'emplacement de la fenêtre qui gémit et crépite sous la pression des rafales qui emportent la neige vers la capitale. À ce stade, il a fait une partie du chemin dans ma direction. À ce stade, il peut gagner la partie s'il le souhaite.

Il semble trouver préférable de nous occuper de la fenêtre dans un premier temps et nous recommençons la manœuvre. Dont je ressors un peu plus groggy en raison de l'afflux d'air glacé dans mes poumons. Je m'assieds une seconde sur le lit pour reprendre mon souffle. Il s'y assied aussi. Il pose une main sur mon genou, le caresse à travers la fine et douce étoffe de mon pyjama.

«Allons voir plus haut, me dit-il. Nous y sommes presque. Vous entendez? Non, mais vous entendez ce vent? C'est votre chambre? J'aime bien. C'est vous, la déco?»

Il se lève. Nous passons à l'étage du dessus. Dans mon bureau. Je n'allume pas tout. Il y a des énormes coussins. La fenêtre côté ouest a gonflé avec l'humidité et nous nous y mettons à deux pour tirer sur la poignée de l'espagnolette. Lorsque l'affaire se débloque, nous roulons tous les deux sur le sol et il se retrouve couché sur moi, couché de tout son long, et j'ai le temps de me sentir traversée par un courant électrique avant qu'il ne se lève d'un bond pour fermer ce satané volet et cette satanée fenêtre — par laquelle s'engouffre ce satané vent.

Reste le grenier. Je ne suis pas contre. Il y règne

une atmosphère particulière, pleine de ces choses que nous n'avons plus jamais touchées depuis qu'elles sont ici et qui constituent tout ce qui reste de notre histoire d'avant, pour ce qui nous concerne, ma mère et moi. Des malles, des cartons, des papiers, des photos, jamais déballés, jamais ouverts, jamais regardés. Nous grimpons par le petit escalier. Là-haut, le vent souffle comme un moteur d'avion, la charpente grince de toute son âme. C'est magnifique. J'allume. L'ampoule grille. « Ah, merde ! » Nous entrons, malgré tout.

Là, je guette le moindre signe de sa part, mais il fonce vers la fenêtre et se met à secouer la crémone comme un sourd. Quand elle s'ouvre, je suis là et je me penche au-dehors pour attraper le volet. Puis je crie, dans la tourmente, en remuant les fesses dans mon pantalon de pyjama en pilou : « Je n'y arrive pas, Patrick ! Aidez-moi ! »

Je trouve quand même un peu fort qu'il me revienne de faire les premiers pas et je me promets de lui en parler, plus tard. Je trouve que c'est assez humiliant. Ai-je besoin de l'aguicher pour lui montrer la voie, dois-je lui prendre la main et la mettre entre mes jambes ? Quoi qu'il en soit, je parviens à refermer le volet et Patrick se plaque brusquement dans mon dos et se frotte contre moi tandis que sa main pénètre dans mon pantalon à peine tenu par un élastique et descend tout droit vers mon sexe.

Je ne pensais plus que nous y arriverions. Je soupire de satisfaction, j'écarte les jambes et me tords le cou pour lui offrir mes lèvres, mais il bondit alors en arrière, pousse une sorte de gémissement et file dans la pénombre en direction de l'escalier par lequel il s'engouffre. Je ne peux croire ça. Je ne peux croire une chose pareille. J'en ai le souffle coupé.

Je passe une très mauvaise nuit. Au matin, je trouve des fleurs devant chez moi. Je les mets directement à la poubelle.

Vers dix heures, il sonne. Je coupe court à ses explications en lui déclarant que je ne suis pas intéressée et je referme la porte. Je l'observe par l'œilleton, il s'est éloigné de quelques mètres et, la tête basse, la mine défaite, s'est laissé choir sur la balancelle dont j'ai retiré les coussins, le front entre les mains.

À midi, il est encore là, il n'a pas bougé. Le ciel est clair, le vent souffle moins fort, de façon régulière, mais le froid est aigu. Suis-je responsable de quoi que ce soit s'il claque devant chez moi sans que je lui aie porté secours ? Je vaque à mes occupations, passe d'un étage à l'autre et reviens parfois sur mes pas pour m'assurer de sa présence et le bougre est à son poste.

Anna m'appelle et quand je l'instruis de la situation, elle me conseille de rapatrier Patrick rapidement chez lui avant qu'il n'attrape froid ou n'aille déclencher un scandale. « Mais comment fais-tu pour te mettre dans de telles situations ? me demande-t-elle. Je suis sidérée. Veux-tu que je vienne ?

143

— Non, dis-je après avoir jeté un regard sur Patrick. Ce n'est pas la peine. »

Je regarde un film avec Leonardo DiCaprio et lorsque je relève le nez, le soir tombe, et il est toujours là. Je tourne en rond encore un moment, puis je finis par m'habiller et je sors.

Je me dresse devant lui, les poings sur les hanches. « Vous vous croyez malin, peut-être ? Vous comptez rester toute la nuit dans cette balancelle, dites-moi ? » Si une étincelle passe dans son regard, c'est à peu près tout. Il tient le col de son manteau en poil de chameau serré contre sa gorge et cette main semble soudée à la colle forte aux revers du pardessus en question que le froid a recouvert d'un voile blanc. Je vois à je ne sais quoi qu'il essaye de sourire piteusement, mais les muscles de son visage paraissent bloqués.

Je glisse un bras sous son coude et le force à se lever. Il n'est pas vaillant, il est transi jusqu'aux os, totalement recroquevillé, hagard. Je l'installe sur un tabouret — je n'ai pas l'intention de le garder longtemps — devant la cheminée et je lui prépare un grog qu'il pourra s'administrer dès qu'il aura retrouvé l'usage de ses dix doigts — mais pour l'instant, il grelotte.

« Quel est votre problème, au juste ? demandé-je. Qu'est-ce qui ne va pas ? »

Je ne m'attends pas à ce qu'il me réponde. Je fume une cigarette. Il secoue la tête, je vois qu'il essaye de former des mots mais aucun son ne sort de sa bouche. Je lui propose une pastille pour la gorge avec un petit anesthésiant.

« Buvez votre grog et rentrez chez vous, Patrick. Restons-en là, voulez-vous ? »

Il claque encore un peu des dents et m'annonce qu'il ne cherche qu'à me présenter ses excuses, me dire le dégoût qu'il s'inspire lui-même pour avoir posé la main sur moi.

Je le considère un moment, frissonnant devant l'âtre.

« Ça va, tout va bien, n'en faites pas non plus une montagne », dis-je.

J'allume une cigarette et la lui glisse entre les lèvres. « Dites-moi la vérité, Patrick, je ne vous plais pas ? » Il s'en étrangle presque d'indignation, bafouille. À présent, il fait nuit.

Je l'observe. Je ne dis rien. Je crois que je n'ai pas la patience. Je suis fatiguée. J'attends qu'il reprenne quelques couleurs, qu'il boive son grog, et je le remets dehors en lui indiquant la direction de sa voiture qui l'attend de l'autre côté.

Il se retourne deux fois vers moi en se frappant la poitrine et je hoche vaguement la tête. C'est la pleine lune.

Je le regarde manœuvrer sur la chaussée verglacée, puis remonter vers chez lui, de l'autre côté de la route. Si j'ai rencontré quelques hommes bizarres au cours de ma carrière, Patrick bat tous les records. Mais il me plaît, malgré tout. J'aimerais abandonner cette histoire sur-le-champ, dès maintenant couper les ponts car on ne peut s'attirer que des ennuis avec un homme si compliqué, si imprévisible, mais je pense que je ne suis pas encore très vieille, je pense que je peux encore vivre quelques aventures qui sortent de l'ordinaire, que j'ai encore ce pouvoir, cette capacité-là — la partie ne peut pas être si courte, j'imagine.

Je reste un moment devant le feu, l'esprit ailleurs, puis je monte dans mon bureau pour emballer quelques cadeaux — j'ai du retard, la mort de maman a singulièrement chamboulé mon organisation. Ensuite j'écris quelques cartes que je glisse à l'intérieur, puis je bâille.

J'ai encore la main devant la bouche quand on se jette sur moi et me renverse brutalement sur le sol — recouvert de moquette. Dans notre chute, j'arrache la prise de ma lampe de bureau, plongeant la pièce dans la pénombre. Je hurle. Je reçois un fort coup à la mâchoire. Mon agresseur porte une cagoule. Je suis un peu étourdie mais je rue de toutes mes forces et crie de plus belle. Cette fois, il ne s'y est pas bien pris ou bien c'est moi qui suis totalement déchaînée, mais il ne parvient pas à m'immobiliser — je ne ressens aucune peur, je suis dans une fureur noire, je ne sais même pas s'il est armé ou non, tant la colère m'aveugle.

Cependant, il m'écrase de tout son poids et finit par me saisir la gorge. Hurler «Au secours ! À l'aide !» me vaut un bon coup en pleine figure, mais j'éprouve trop de rage pour m'évanouir et tandis qu'il cherche à baisser mon pantalon, je saisis le pied d'une étagère remplie de livres et parviens à m'extirper de son étreinte en ruant sur le dos, en me dégageant à coups de talons qui rebondissent contre son crâne.

Mais il reprend l'avantage et je dois battre en retraite, attendant qu'il me livre un nouvel assaut.

Je suis assise par terre, le dos collé au mur, quand par hasard mes doigts se referment sur les ciseaux dont je me suis servie pour mes paquets.

Il tend vivement la main pour me saisir derechef, mais cette main ne va pas plus loin, je la transperce en plein vol, de part en part, je l'embroche violemment de mes ciseaux de couturière.

C'est à son tour de hurler, de faire entendre sa voix, mais je sais déjà qui il est, peut-être même l'ai-je toujours su, avant que je n'arrache sa cagoule.

D'un bond, je suis debout, mes ciseaux pointés sur lui. « Sortez de chez moi », lui ordonné-je d'une voix sourde, tremblante de colère. Je le repousse vers les escaliers. « Hors de chez moi ! Dehors ! » J'agite vivement la pointe, toute rougie de son sang, devant sa figure. Mes yeux lui lancent des flammes. Je n'attends qu'une occasion pour le frapper de nouveau, je vais être rapide comme l'éclair. Je suis tellement furieuse. Il le voit. Je suis contente qu'il le voie. Il grimace, refait le chemin à reculons, en catastrophe, serrant sa main blessée contre lui. Mais derrière cette grimace, je ne sais pas, je ne sais pas ce qu'il ressent réellement. Il reflue jusqu'à la porte d'entrée. « Foutez le camp ! lui dis-je. Ne m'approchez plus ! »

Il se tourne et saisit la poignée. Le plus déroutant pour moi est de m'en prendre à Patrick. Au Patrick que je connais, qui est mon voisin, qui flirte avec moi, etc. Alors qu'évidemment ce n'est pas celui-là qui vient de m'agresser, ce type encagoulé n'est pas lui. S'il n'y avait pas cette blessure à la main, le trouble serait terrible. «Mais qu'est-ce que tu fais ? serais-je en train de me dire. C'est ton ami Patrick, tu ne le reconnais pas ?»

La porte s'ouvre. Il fait machine arrière. Je le suis en continuant de pointer les ciseaux à la hauteur de son visage. La pleine lune éblouit presque. Je cligne des yeux. Les deux Patrick se superposent alors dans mon esprit et je m'arrête. Il continue de reculer et maintenant je vois parfaitement bien son double, celui qui m'a violée une première fois et qui vient d'essayer de recommencer. Il glisse et se casse la figure sur une plaque verglacée — je dois me retenir de m'avancer pour l'aider, par réflexe.

Prévenir la police m'effleure, mais je ne le fais pas. Je préfère prendre un bain. Même à moi, je n'ose pas dire la vérité.

Le lendemain, je vais chercher ma voiture, ce qui me donne l'occasion d'effectuer ma première visite au cimetière. Je n'y suis pas obligée, cela peut attendre, mais les lieux sont relativement déserts et rien ne me retiendra si je choisis soudain de prendre la fuite.

La pierre n'est pas posée, mais le petit monticule de terre est peut-être encore plus impressionnant. On a laissé quelques fleurs qui ne sont pas encore trop fanées et cette période entre Noël et le Jour de l'An est toujours très étrange, pour preuve ce silence inhabituel qui accompagne ma venue et produit un sentiment de calme et d'irréalité qui me convient parfaitement. Je me penche pour arranger je ne sais quoi et je lui demande de m'excuser pour ma piètre prestation le jour de l'enterrement. C'est une belle journée pour se rendre sur la tombe de sa mère. Le ciel est clair et blanc comme un lys et l'air frais pique juste comme il faut.

Me redressant, je constate qu'il y a pas mal d'arbres alentour, et beaucoup de ciel. «Tu es bien, ici, lui dis-je. C'est la ville, mais tu es comme à la campagne. L'été, tu auras des oiseaux et des abeilles. »

Je pose ma main sur la terre noire et glacée, puis je fais demi-tour.

Le soleil se couche lorsque je me gare sur le parking de la supérette pour acheter des cigarettes et de la nourriture pour chat.

Je suis contente d'avoir passé l'épreuve du cimetière, d'avoir tenu bon. C'est un souci de moins. J'encaisse le choc de façon honorable, je m'en tire bien mieux que je ne le pensais. Je sais maintenant que je vais pouvoir revenir ici de temps en temps sans en faire un drame. J'ai encore besoin d'elle. J'en ressors rassurée.

Je croise Patrick à l'entrée du magasin. Il a les bras chargés de victuailles mais il se fige en me voyant, blêmit et se met soudain à courir — de peur sans doute que je ne sois de nouveau armée d'une chose ou d'une autre —, et dans sa course bondissante l'un des sacs s'éventre et son contenu explose avec fracas sur le sol.

Je reprends mon chemin sans me retourner et me dirige vers le rayon des alcools. J'enrage toujours contre lui. J'enrage également contre moi qui me suis laissé berner, qui n'ai pas voulu voir ce que j'avais devant les yeux. Je me réserve encore le droit de l'assaillir à coups de bâton, ou je ne sais pas, mais le mettre hors d'état de nuire, le laisser sans vie. Ce scénario peut se reproduire. Il ne faut pas qu'il s'approche de moi.

Mais j'ai toujours envie de lui. C'est abominable. J'en hurlerais de dépit et de désespoir si je ne craignais pas d'alerter les hommes de la sécurité au crâne rasé et de finir menottée à un radiateur. Je déteste ce tour épouvantable que je me joue à moi-même. Qu'est-ce qui ne va pas, chez moi ? Est-ce l'âge ? Perplexe, je prends du soda, du gin, des olives, du fromage blanc à 0 %. Durant un instant, je me demande si je ne devrais pas renouer avec Robert, me concentrer uniquement sur cette relation-là, ignorer le reste, et cela simplifierait beaucoup de choses, cela éteindrait le feu qui couve en lui, mais je ne parviens pas à me montrer suffisamment persuasive et j'abandonne l'idée.

« Je n'ai pas envoyé d'invitation à ton ami », me dit-il en m'accueillant pour la soirée de la Saint-Sylvestre, impeccablement coiffé, un foulard autour du cou, le sourire fielleux, les dents blanches.

Le premier homme avec lequel j'ai éprouvé du plaisir lui ressemblait, sauf que j'avais seize ans — c'était le psychologue qui m'avait prise en charge après la tuerie perpétrée par mon père, c'était un psychologue de renom, une crapule.

«Robert, écoute-moi bien. Je suis heureuse que tu ne l'aies pas invité. Très heureuse.

— Tiens donc.

— Puisque je te le dis.»

Je lui tends mon manteau. Je ne suis pas folle d'enthousiasme à l'idée de fêter la nouvelle année en sa compagnie, mais je n'ai pas trouvé le moyen d'y échapper, les autres sont là. Je ne suis pas encore en état de passer le réveillon seule.

J'ai enterré ma mère il y a seulement trois jours. Je ne m'attends pas à déborder d'entrain, ni à danser sur les tables, mais je sens qu'un peu de compagnie m'est nécessaire. Et un verre peut-être, aussi. Irène adorait ce genre de fête. Elle s'y préparait un mois à l'avance.

Richard vient de m'en faire la remarque et il est, en tout état de cause, après moi, la personne la plus touchée par la disparition d'Irène. Ce n'était pas une femme très facile à aimer, mais Richard en avait pris son parti et le temps avait fini par jouer en sa faveur, si bien qu'au bout de quelques années ils étaient parvenus à devenir bons amis — la vie dépravée qu'elle menait ne le concernait pas, quant à lui.

Souvent elle me demandait de prendre exemple

sur lui. Sur son respect de la vie des autres. Ou tenait à se soumettre à son arbitrage. Ou écoutait ses conseils. Il propose de m'aider à trier ses affaires et j'accepte.

« Patrick n'est pas là ? demande-t-il.

— Non. Je ne sais pas. Pourquoi me demandes-tu ça ?

— Pourquoi ?

— Il est marié. Il a une femme. Pourquoi me demandes-tu *à moi* où il est ?

— Oh... Eh bien excuse-moi, je croyais que... »

Je hausse les épaules et m'éloigne de lui. Il y a là quelques auteurs, quelques scénaristes avec lesquels nous travaillons, quelques cinéastes qui ont fait des clips pour nous et l'appartement tout entier est empli de tant d'ego qu'en cas de coupure d'électricité l'assemblée se mettrait tout simplement à luire. Ils paraissent en forme, ont des milliards de projets mais veulent avant tout profiter de cette soirée pour se détendre, pour oublier le business au moins quelques heures au cours d'une année et il suffit de tendre la main pour que soudain s'y matérialise une coupe de champagne.

« Oh, Vincent, mon chéri, merci. Comment vas-tu ? Josie n'est pas encore arrivée ? »

Son visage se fronce. Il se sert une coupe. « Elle ne vient pas. Elle ne veut pas mettre les pieds chez Anna.

— Ah bon ? Et en quel honneur ?

— C'est comme ça.

— Ah, toutes ces histoires. Mais bon. Et l'écran plat, vous en êtes contents ?

— Oui. Enfin, oui et non. Le truc est allumé du matin au soir. Je me demande si elle va pisser de temps en temps.

— Elle va s'abîmer les yeux, tu peux en être sûr. » Anna me fait signe et me dit que c'est mieux ainsi, pour Josie comme pour elle, et qu'elle compte sur mon soutien auprès de Vincent. « Tu sais, cette fille est une vraie peste et cet imbécile n'y voit que du feu.

— Je l'ai mis cent fois en garde, dis-je. Cent fois, je l'ai averti. Cent fois.

— Elle veut faire sortir de prison le père de son enfant. C'est tout ce qui l'intéresse. Elle est prête à tout pour ça. Et si Vincent ne trouve pas l'argent, je doute qu'elle reste amoureuse de lui encore très longtemps. Tu sais, je crois que nous devons d'ores et déjà nous pencher sur la question de la garde de l'enfant avant d'avoir des surprises.

— Oui, mais pas ce soir », dis-je avec le sourire. Je me tourne vers l'assistance.

Je ne suis pas un homme, mais en regardant Hélène, je peux presque imaginer ce qu'ils ressentent en présence d'une jeune femme aussi bien faite. « Je pense la même chose que toi », déclare Anna en posant une main sur mon épaule.

J'allume une cigarette. Ils ont poussé les meubles et installé un large buffet. Je vais à droite et à gauche en évitant Robert.

Mais il parvient à me coincer plus tard, vers trois heures du matin, quand tout le monde est un peu fatigué, près d'une baie où par malheur je me suis arrêtée pour regarder tomber la neige.

« Je vais faire une annonce, me souffle-t-il à l'oreille. Il est temps de renoncer au mensonge. » Je l'attrape aussitôt par le revers de sa veste. Je sais qu'il ne bluffe pas. Je connais ce regard. « D'accord ! lâché-je entre mes dents. D'accord. Mon pauvre Robert.

— Non. Attends. Retire *mon pauvre Robert*. Fais-le maintenant, sinon j'y vais.

— Je retire *mon pauvre Robert*.

— Je te rappelle simplement que baiser avec moi n'a pas toujours été la corvée que ce serait devenu, à t'entendre.

— Parler du passé ne sert à rien. Ne me demande pas de t'expliquer l'inexplicable.

— Ne me parle pas comme ça. Je ne suis pas un débile. »

Nous convenons d'une fin d'après-midi de la semaine qui vient. Il ne neige presque plus, les lumières scintillent.

« Tu ne te dégoûtes pas ? demandé-je. Que ça se termine de cette façon ?

— J'aurais préféré que nous ne changions rien à ce qui existait. Que l'on ne touche à rien. Que tu restes la même.

— Et ce chantage, c'est tout ce que tu as trouvé ? Espèce de connard ?

— Retire.

— Je retire *espèce de connard*. Mais c'est indigne

154

de toi, Robert, et ça tu n'y peux rien. Alors tu m'excuseras si le cœur n'y est pas, lors de notre prochaine rencontre. Tu ne m'en voudras pas, n'est-ce pas. Le respect ne se commande pas. »

Quoi qu'il en soit, j'accepte le verre qu'il me propose, mais je refuse de le boire avec lui. « Me baiser est une chose », lui dis-je.

Il rit et tourne les talons après m'avoir saluée d'un signe vers une casquette imaginaire. J'ai conscience que ma repartie est assez ridicule, mais je commence à être sérieusement ivre. Parfait. C'est exactement ce que je désirais. C'est exactement ce dont j'avais besoin.

Vers quatre heures du matin, je disparais sans rien dire. Les rues sont désertes, j'évite les grands axes et je sors de la ville au bout d'un moment. J'arrive à quelques kilomètres de chez moi, je traverse une zone de brouillard qui commence à me jouer des tours — je dois freiner un peu fort, par deux fois, car je n'y vois absolument rien. Je suis censée avoir des antibrouillards sur cette voiture, mais lorsque je les actionne, le résultat n'est guère concluant. Arrive alors ce qui ne pouvait qu'arriver, je loupe totalement un virage et me jette dans le fossé.

Le choc est assez rude. Au point que mon airbag se déclenche — m'assommant presque. Lorsque je retrouve mes esprits, le moteur a calé et le silence est la première chose que je remarque. Je tends la main pour couper le contact et c'est l'obscurité totale.

Je sais où je suis. Je suis dans les bois. Je suis

presque arrivée, je ne suis pas très loin, mais c'est une petite route, déjà peu fréquentée en temps normal. Bref, la nouvelle année commence bien. Je renverse la tête en arrière et reste un moment sans bouger. Puis, comme je m'apprête à descendre, je pousse un cri — à glacer d'effroi les alentours assoupis dans l'obscurité laiteuse. Une douleur cuisante, en provenance de ma cheville gauche — j'en ai encore la bouche ouverte, de souffrance aiguë, de stupéfaction.

Puis je reprends mon souffle et me penche avec précaution pour la toucher, je n'y vois rien, et je suis paniquée à l'idée que je vais peut-être découvrir que ma cheville est broyée ou mon pied sectionné, mais tout est là, il n'y a pas de sang apparemment. Je ne peux simplement plus la bouger.

Je réfléchis. J'actionne le warning. Le brouillard est si épais que j'aperçois à peine l'avant du capot. J'éclate d'un rire sardonique. Je réfléchis. La tête me tourne un peu. J'admets que je suis une mauvaise fille. Que m'anime un sentiment de puissance mauvais. Je l'appelle. Je ne lui demande pas si je le réveille, je lui explique dans quelle situation je suis.

« J'arrive dans dix minutes », me dit-il.

J'allume une cigarette. La raison ne l'emporte que très rarement — et que de frustration, que d'ennui, que de désespoir n'engendre-t-elle pas lorsqu'on lui cède, me dis-je.

Il a juste pris le temps d'enfiler un manteau sur son pyjama et cet empressement me touche presque, mais je n'en montre rien. Il se penche. Je baisse mon carreau. «Ramenez-moi chez moi. Merci», lui dis-je. Il hoche la tête, les mains dans les poches, les yeux fixés sur la pointe de ses souliers. Nous restons ainsi, sans bouger, durant une bonne minute, puis je dis : «Bon, écoutez, Patrick. Je suis blessée. Il faut m'aider à me sortir de cette voiture, vous voyez?»

Il a perdu l'usage de la parole mais pas celui de ses bras et je m'accroche à lui tandis qu'il me soulève hors de l'habitacle et me hisse hors du fossé. C'est notre premier contact physique depuis que je l'ai démasqué, et j'en tire une sensation très étrange, très violente. Il me porte presque. Je suis assez fascinée. Par ce type, naturellement, mais aussi par moi-même, eu égard à ce don que j'ai — eu égard à ce don extraordinaire que j'ai pour les choisir avec soin.

Il m'installe à côté de lui et me conseille d'attacher ma ceinture, et pas une fois je ne parviens à croiser son regard et il garde ses mains serrées sur le volant, bien en vue — et son profil, à peine éclairé par les lueurs du tableau de bord, ne se tourne pas une fois vers moi.

Je ne dis rien. Je reconnais l'odeur de cette voiture, l'encens d'église. J'y suis montée quand l'homme qui la conduisait était un charmant voisin, et non le déséquilibré qui m'avait violée quelques jours plus tôt, et je me souviens avoir souri en retrouvant ce parfum lié à l'enfance et comme il m'avait semblé apaisant. Il ne me fait pas la même impression, cette fois. Je le trouve mortifère. J'ouvre mon carreau. Un air glacé s'engouffre, mais il ne dit rien. Il est concentré sur la conduite. Sans doute, à sa main, le pansement sanguinolent — je gage que la blessure s'est rouverte pendant qu'il m'extirpait de ma voiture — est-il là pour me rappeler la brutalité des événements qui se sont déroulés, il y a peu, entre lui et moi. Je ne dois pas faire l'erreur de l'oublier. Patrick est un homme violent. Il n'a pas hésité à me frapper en pleine figure, à me saisir à la gorge, à me tordre violemment les bras dans le dos, à m'écraser, et cette fois encore je vais être couverte d'ecchymoses.

Et bizarrement, je n'ai pas peur de lui. Je suis sur mes gardes, mais je n'ai pas peur.

Je ne sais pas comment il s'y prend pour conduire car on n'y voit strictement rien. Les deux kilomètres que nous devons parcourir sont comme un océan d'écume dans lequel j'aurais fini par sombrer, me semble-t-il, dans l'état où je suis.

Ce dernier gin avalé avant mon départ, pour la route, ce n'était pas très sérieux.

Ma cheville est en train d'enfler, je le sens. Je me penche avec difficulté pour la toucher — je découvre alors avec ravissement que je suis toute courbaturée — et je la trouve chaude, sans forme. Soudé au volant, il est tassé sur lui-même, la tête enfoncée entre les épaules — à moins que ce ne soit le froid qui pénètre l'habitacle, mais j'ai besoin de respirer. J'oublie de tirer sur ma robe.

Puis tout à coup, nous sommes arrivés. Je n'aperçois pas la maison, mais c'est fort possible et

Patrick a l'air tout à fait sûr de lui. Il sort même pour vérifier et réapparaît en secouant la tête sur le mode affirmatif.

De nouveau, je dois lui expliquer que je ne vais pas m'en sortir seule, que je suis en train de geler sur place, avant qu'il ne se décide à bouger et ne vienne m'extraire de mon siège. Je passe un bras autour de son cou pour accentuer sa gêne — je la sens poindre et tourmenter mon sauveur d'un soir lorsque nous nous touchons. Je suis heureuse de provoquer cette réaction chez lui, je suis heureuse de posséder cette petite dose de pouvoir.

Il me porte. Je ne lui ai rien demandé, mais je n'ai pas lâché son cou et j'ai attendu, avec succès donc, visiblement, qu'il me soulève du sol et me fasse traverser le jardin et me conduise jusque devant chez moi où je ne donne aucun signe de vouloir poser le moindre pied au sol.

Je cherche mes clés dans les poches de mon manteau. Je demande si je ne suis pas trop lourde, mais je n'écoute pas la réponse.

J'ouvre, je débranche l'alarme, je lui fais signe de me monter au premier. «Vous connaissez le chemin», ajouté-je.

Je pense qu'il est sous le choc, je pense qu'il ne comprend pas et serait dans de bonnes dispositions si je lui proposais de débarrasser ma cave ou de ranger mon grenier avant de partir.

Il me dépose sur mon lit. Aussitôt, sans plus faire attention à lui, je retire nerveusement mon collant, le jette — il tombe par hasard à ses pieds —

et attire ma cheville à moi pour l'inspecter de plus près. Elle n'est pas très belle à voir, elle est déjà rose, luisante et gonflée et me fait un mal de chien. Je relève la tête en grimaçant et constate avec joie que la vue de mes jambes nues, de mes cuisses blanches, de mes dentelles sombres — ma gymnastique les ayant exhibées au grand jour et ne cherchant pas, quant à moi, à les soustraire au regard d'un connaisseur —, que la vue de ce charmant tableau, dis-je, accueillant à part moi ce résultat avec satisfaction, le pétrifie.

Je tends la jambe vers lui, découvrant ainsi davantage mon entrejambe, afin qu'il examine ma cheville et me dise ce qu'il en pense ou Dieu sait quoi. Et j'attends. Je suis prête à l'arroser de gaz incapacitant si l'affaire menace de tourner à mon désavantage, si je me suis trompée — mon Guardian Angel est sous mon oreiller.

Je commence à avoir une crampe dans la jambe lorsqu'il choisit de reculer, le regard vissé sur cette partie de mon anatomie qu'il convoite mais qu'il finit par abandonner une fois de plus. Sa tête retombe. Je conserve un instant une posture un peu obscène, sans guère d'équivoque, mais elle n'est d'aucun effet sur lui et d'un bond, il franchit bientôt la porte et se rue dans les escaliers.

Marty saute sur le lit et vient se frotter contre moi. Je le caresse.

Je redescends plus tard — après avoir enveloppé ma cheville dans une bande Velpeau Strapp couleur chair —, en me tenant à la rampe, en sautillant, et je verrouille derrière lui. À défaut de poche à glace pour ma cheville, j'utilise un sachet de petits pois surgelés.

Le brouillard a disparu, le ciel est clair. Je préviens une dépanneuse pour que l'on récupère ma voiture et je prends deux Alka Seltzer. Nous sommes le 1er janvier. Je reçois un appel de la prison. Mon père s'est pendu dans la nuit. Je m'assieds. À cet instant, je peux sembler perdue dans mes pensées, mais en réalité je ne pense rien du tout, je ne ressens rien du tout, je suis vide — accoudée à la table de la cuisine, le front dans une main. Mon téléphone vibre dans l'autre. C'est un journaliste qui aimerait savoir si je suis bien la fille de l'homme qui a massacré tous les enfants d'un club Mickey au début des années 80. Je ne réponds pas. Je raccroche.

Je voulais devenir journaliste lorsque j'avais seize ans, l'année où mon père nous a couverts de sang. Je me demande quel genre de journaliste j'aurais été si j'avais eu l'occasion de poursuivre mes études. Je me lève. Je laisse mon téléphone vibrer sur la table.

J'ai honte du sentiment de soulagement que j'éprouve. J'ai honte. J'aimerais au moins pouvoir le compenser par quelque pincement au cœur, quelque furtive grimace, quelque regret, mais rien n'y fait.

Je m'inquiète plutôt de voir cette histoire resurgir — cette boue remonter des profondeurs. Je me demande si c'est ainsi qu'il se venge, ainsi qu'il me punit, s'il a consacré son dernier souffle, ses derniers instants de lucidité, à m'envoyer ses foudres pour ne m'être pas acquittée envers lui d'une seule visite en trente ans, comme il s'en plaignait auprès d'Irène. Pour l'avoir privé du réconfort de ma compagnie, du soutien de son enfant.

Je ne me souviens de rien, pratiquement. J'ai le souvenir de photos que je connais de lui — en particulier celles que les journaux ont reproduites à l'envi durant des mois — mais je suis incapable de le voir bouger, d'entendre sa voix, de sentir son odeur, et ainsi privées de ces éléments, les images n'ont que peu d'intérêt, elles n'apportent rien. Je l'ai oublié. C'est une chaise vide. Irène, au fil des années et au mépris de toute considération pour les tourments qu'il nous a fait subir, avait entretenu la flamme, si minuscule fût-elle, au moyen de quelques anecdotes où il apparaissait à son avantage — ton père faisait ci, ou encore ton père allait là — mais c'était peine perdue, elle se fatiguait en vain — ou encore ton père disait ceci ou ton père disait cela —, et j'opinais, je me contentais de secouer la tête sans avoir entendu un traître mot de ce qu'elle m'avait raconté.

Je crois qu'Irène a gardé une pleine boîte de photos. Elles ne sont pas au grenier, je n'en avais pas voulu, mais j'imagine qu'elle les a gardées et les a rangées dans son appartement. Des photos de lui, paraît-il, depuis son enfance jusqu'à la prison et qu'Irène était parvenue à dissimuler à la presse, des dizaines et des dizaines de photos du Monstre d'Aquitaine à toutes les étapes de sa vie — on lui en offrait une fortune, on nous aurait cambriolées pour les avoir si elles n'avaient pas été en sûreté dans un coffre et ma mère et moi n'avions pas été sans domicile fixe durant des mois, pensions de famille, hôtels, etc.

Il n'est pas tard, le soleil n'est pas encore à son zénith. Les petits pois surgelés ont aidé ma cheville à reprendre un aspect acceptable. Je mets en place un bandage un peu serré et armée d'une canne, je m'entraîne à faire quelques pas dans le salon en attendant que mon taxi arrive. Il fait beau, le jardin est couvert de neige cristallisée.

Je donne l'adresse de ma mère. En chemin, nous croisons la dépanneuse qui sort ma voiture du fossé au moyen d'un treuil.

J'entre. Je me dirige vers le bureau qu'Irène avait transformé en dressing et commence à ouvrir quelques tiroirs quand Ralf arrive sur mes talons, ébouriffé, simplement vêtu d'un caleçon et d'un tee-shirt. Il secoue la tête d'un air contrarié. «Ah non, écoutez, Michèle, ce n'est pas possible.»

Je me tourne vers lui. «Bonjour, Ralf. Qu'est-ce qui ne va pas? Qu'est-ce qui n'est pas possible?

— Ça. D'arriver comme ça. D'entrer comme ça sans sonner.

— J'ai une clé, Ralf, vous savez. Je n'ai pas besoin de sonner. Il ne fallait pas vous déranger, je ne fais que passer.

— Ça ne change rien que vous ne fassiez que passer, Michèle.

— Au contraire. Ça change tout. Ne soyez pas désagréable.

— Non et non. Je regrette. »

Je me gratte légèrement la tempe. « Oui mais, Ralf, écoutez-moi, je suis venue récupérer des documents importants. Et je ne peux pas attendre que vous ayez terminé de boucler vos valises pour le faire. Alors n'en faisons pas toute une histoire, voulez-vous ? »

Il agite les mains et secoue de nouveau la tête pour me signifier qu'il n'est pas du tout d'accord lorsqu'une brune entièrement nue, d'à peine la moitié de l'âge d'Irène, apparaît dans son dos puis l'interroge du regard en me pointant du menton. Je ne dis rien, je les ignore.

Je finis par mettre la main sur une boîte à chaussures, pleine de photos que j'identifie au premier coup d'œil, et je la referme instantanément, comme si devaient s'en échapper tous les miasmes de l'enfer, avant de sauter dans le taxi qui m'attend sous un soleil glacé.

Le jour commence à décliner. Je ne prends pas le temps de me déshabiller, je vais chercher une pelle dans le garage et je passe derrière la maison.

Comme il n'a pas encore fait très froid, le sol n'est pas trop dur. Ensuite je vais chercher de l'alcool à brûler, je retourne la boîte au-dessus du trou, j'arrose les photos copieusement et j'y mets le feu.

Je ne vais pas jusqu'à tendre les mains pour les réchauffer, mais je sens la chaleur sur mon visage et je ferme un instant les yeux et j'entends le souffle ténu des flammes et je reste là le temps qu'il faut, je reste là pour m'assurer que tout est bien réduit en cendres, je frissonne dans la fraîcheur du soir, puis je rebouche et je tape dessus avec la pelle pour bien tasser la terre tandis qu'un corbeau traverse le ciel avec un croassement lugubre.

Irène en aurait fait une maladie. Je reste encore un instant dehors, adossée au mur de la maison, dans la pâleur crépusculaire et l'odeur de papier brûlé. À aucun moment elle n'avait cessé de le voir, d'entretenir le contact, le lien physique avec lui, ce qui donnait régulièrement lieu à de violents accrochages entre elle et moi, essentiellement au début, mais ça ne l'avait pas fait renoncer une seule fois à ses fichues visites. Dieu sait pourtant qu'elle ne cachait pas sa rancœur envers lui lorsque l'on considérait la vie qu'il nous faisait mener, payer les factures, se faire insulter, fuir, etc., mais elle retournait le voir encore et encore, ce qui me rendait d'autant plus folle de rage que je ne la comprenais pas et qu'elle peinait à s'en expliquer, demeurait volontairement confuse. Elle ne m'aurait jamais pardonné de mettre le feu à ces photos. Je l'entends déjà m'accuser d'avoir tué cet homme une seconde fois — ce qui paraît impossible.

Je repense à sa dernière volonté, à cette ultime démarche qu'elle attendait de ma part et cette requête montre à quel point elle lui était attachée malgré la vie dissolue qu'elle menait entre chaque visite — où elle se rendait en général avec un foulard sur la tête et une jupe descendue sous le genou. Je lui en veux d'avoir pensé que son AVC me ferait fondre et emprunter enfin la voie de l'indulgence. C'est donc là toute l'opinion qu'elle avait de moi ?

J'ai un message de Robert. Je le rappelle. « Allô, Robert ? J'allais t'appeler. Pour demain, justement, ne peut-on pas repousser ? Figure-toi que je ne peux pas marcher…

— Ça ne fait rien que tu ne puisses pas marcher, rétorque-t-il, nous n'allons pas faire une promenade. »

Je reste sans voix devant cette considération implacable.

Je n'arrive pas à notre rendez-vous dans les meilleures dispositions du monde. Il est déjà couché — il me semble que les poils de sa poitrine ont encore blanchi depuis notre dernière étreinte au cours de laquelle ce détail m'avait déjà frappée et complètement anéantie durant une seconde. « Quoi qu'il en soit, ne me demande rien de compliqué, Robert. Comme tu le vois, et comme je te l'ai dit, je ne vais pas danser ni sauter en l'air. D'autant que nous avons eu une dure journée, Anna et moi. Tu comprends, les fêtes sont terminées. »

Je pose ma canne et commence à me déshabiller. « Quand je pense, Robert, à la méthode que tu emploies pour coucher avec moi, je suis effarée. Mais ne viens pas te plaindre, après. Quand il ne restera plus grand-chose de mon respect pour toi, il ne faudra pas venir te plaindre, tu sais. »

Je ne détourne pas les lèvres lorsqu'il cherche à

m'embrasser sur la bouche, mais je reste comme une poupée morte. Il fait déjà sombre dehors et la chambre n'est éclairée que par les lumières de la ville. J'ai toujours su que je regretterais un jour de m'être donnée à lui, et voilà, me dis-je, nous y sommes, et je pense au travail que j'ai rapporté à la maison et sur lequel je devrais être penchée en ce moment, plutôt que sur quoi que ce soit d'autre, j'en ai pour une partie de la nuit, sans prendre même le temps de manger.

« Détends-toi, me dit-il.

— Je ne suis pas une machine, Robert. Je ne possède pas un bouton qu'il suffirait d'enfoncer. »

C'est à son tour. Au bout d'une minute, je commence à me demander pourquoi je cherche tant les complications alors que Robert est là, qu'il a une certaine maîtrise de mon corps et semble sain d'esprit. Mais je n'ai pas la réponse.

J'essaye de ne pas trop montrer le plaisir qu'il me donne car je n'oublie pas dans quelles conditions il me l'accorde. Ce n'est pas facile. Je lui ai tout appris, il s'est montré bon élève. Je serre les dents — à défaut de me mordre les lèvres.

Nous faisons monter deux gin-tonic lorsque nous avons fini. Je me lève et me dirige en boitillant vers la salle de bains. J'utilise un gel douche à la camomille et me livre à un nettoyage complet — garder sur moi l'odeur d'un autre m'a toujours dérangée.

Il entre pour se recoiffer. Il est nu. Il s'examine dans la glace.

« Tu as été formidable », me dit-il. Sur le moment,

je pense qu'il plaisante car je suis restée totalement inerte tandis qu'il exécutait son rodéo sur moi, mais il est on ne peut plus sérieux. « Tu m'as procuré des sensations très spéciales, poursuit-il. Comment t'est venue cette idée de faire la morte ? »

Je le regarde un instant sans répondre. « Enfin, quoi qu'il en soit, lui dis-je, comme tu vois, je n'ai qu'une parole. Tu as eu ce que tu voulais. Très bien. Restons amis.

— Bien sûr. Tout à fait d'accord. »

Je le considère de nouveau quelques secondes et il me semble utile de préciser que rester amis ne veut pas dire coucher.

Je ne prends pas les appels si les numéros sont masqués, de sorte à m'épargner les éventuels journalistes, l'administration pénitentiaire et tout ce qui se rattache de près ou de loin au décès de mon père. Pour l'enterrement, je décide de ne m'occuper de rien et, dans un autre registre, de faire à nouveau la morte, quitte à régler la facture quand tout sera fini.

Richard me soutient. Je n'ai pas besoin de lui expliquer pourquoi j'agis ainsi, il le sait, il a vu dans quel état j'étais lorsque nous nous sommes connus — dans quel état mon père nous avait mises, Irène et moi, en massacrant tous ces enfants. Je pense que j'aurais pu devenir folle si je n'avais pas rencontré Richard, s'il n'avait pas veillé sur moi avec une extrême précaution durant les premières années tandis que je refaisais surface — sombre, livide, apeurée. Veillé sur moi tandis que je réapprenais à vivre et qu'il me faisait un enfant pour me remettre les pieds sur terre et m'apaiser — je ne suis pas sûre, au demeurant, que la naissance de Vincent m'ait apaisée d'une manière ou d'une autre, je n'ai rien remarqué.

« C'est étonnant qu'Irène soit morte durant le réveillon de Noël, me dit-il, et ton père durant celui de la Saint-Sylvestre.

— Oui, ça ne m'a pas échappé », dis-je.

Compatissant à mon malheur, il me serre contre son épaule. Je me dégage avant qu'il ne verse une larme dans mon cou. « Nous n'étions pas censés nous mettre en ménage avec d'autres ! lui lancé-je. Ça flanque tout par terre, tu comprends... »

Il baisse la tête. Avoir manqué à sa parole est un crève-cœur pour lui. Je suis ravie d'être sa mauvaise conscience.

Sans doute la période des fêtes y est-elle pour quelque chose, mais je le vois beaucoup en ce moment, de même qu'Hélène que je croise assez régulièrement, et j'imagine très bien dans quel torrent il s'est laissé emporter, à quelle ivresse il n'a pu résister. Je sais ce qu'il vient chercher auprès de moi. Je sais quelle excitation et quelle angoisse l'habitent ces derniers temps, car j'ai vécu vingt ans avec lui et je vois comment il se comporte avec elle, comment son regard le trahit et exprime la soif douloureuse qu'elle lui inspire. Mais je n'y peux rien. Je ne peux rien contre la terrible et risible absurdité qui gouverne nos vies.

Notre fils, Vincent, est un bon exemple de ce cheminement hasardeux. Le voilà qui s'est battu avec le gérant du McDo au cours d'une réunion et qui a perdu son travail. Ce qui va sérieusement amputer sa capacité à payer son loyer pour lequel je me suis portée garante.

Il fait froid et beau, la circulation est fluide, le toit des voitures enneigé. Josie n'a pas perdu un gramme, et peut-être même n'en a-t-elle pas gagné, mais l'appartement est assez petit, assez bas de plafond, de sorte qu'elle me paraît énorme — quatre-vingt-onze kilos m'a affirmé Richard qui est mieux informé que moi et qui m'accompagne en tant qu'observateur dans la mesure où il ne peut intervenir sur le plan financier, vu ses maigres ressources.

Josie a préparé des scones. Une douzaine. Dès que nous sommes assis, elle en prend un et n'en fait qu'une bouchée. Tandis que Vincent nous tend Édouard-bébé pour les baisers et les compliments d'usage, elle en fait disparaître un deuxième de la même façon — comme par enchantement.

«Je ne peux pas tout accepter, me dit-il. Je n'ai pas pensé au loyer, c'est vrai. Mais dans ce cas, tu ne fais rien, tu laisses n'importe quel connard piétiner ta vie, c'est ce que tu voulais que je fasse ?

— Ta mère ne dit pas ça, Vincent, intervient Richard.

— Il sait très bien que je ne dis pas ça.

— Tu ne le dis pas, mais c'est ce que tu penses. Que j'aurais dû la fermer.

— Et ta fierté, trésor ? demande Josie en fixant

les scones d'un air songeur. Qu'aurais-tu fait de ta fierté ? »

Richard se racle brièvement la gorge dans son poing, tâchant de faire diversion, mais je passe outre. « Josie, dis-je, lorsque l'on doit subvenir aux besoins d'une femme et d'un enfant, la fierté est un luxe. Je pensais qu'en prenant ce travail, Vincent l'avait compris. Je pensais en avoir suffisamment discuté avec lui.

— Excuse-moi, dit-il, mais c'est toi qui m'as inculqué ça, tu l'as oublié ? De jamais me laisser faire, de défendre mes idées. Tu te souviens ? Cette petite flamme qui ne doit jamais s'éteindre.

— Je ne t'ai jamais interdit de réfléchir, Vincent. Et non seulement ça, mais je t'ai toujours dit de réfléchir *avant* et non pas *après*.

— Je ne peux pas me laisser traiter de sale petit Juif sans réagir.

— Écoute, tu n'es pas juif, pour commencer. On ne te demande pas de porter le poids du monde sur tes épaules. Il y a des millions de chômeurs dehors. Trente millions rien qu'en Europe. C'est beaucoup.

— Ta mère se fait du souci pour toi, Vincent.

— Je me fais également du souci pour moi », dis-je.

Je ne devrais pas avoir peur de ça et pourtant j'ai peur, car cette situation de faiblesse, d'instabilité, de précarité que mon inquiétude suggère, me renvoie aux années sombres que nous avons traversées ma mère et moi — quand nous ne savions pas de quoi demain serait fait, si nous aurions un toit et un lit pour nous coucher ou encore de quoi manger une fois mon père condamné et jeté en prison pour ses crimes. Je ne me sens pas capable de revivre pareille épreuve. Je n'ai vraiment pas envie que les temps mauvais reviennent.

« Bon, Vincent, dis-je, très bien. Fais du mieux que tu pourras. Nous verrons bien. Croisons les doigts. »

De satisfaction, Richard se sent obligé de me malaxer l'épaule d'une main tendre. Il est d'un redoutable sentimentalisme en ce moment. Le décès de mes parents a visiblement réactivé son instinct protecteur à mon endroit.

« Fais-moi confiance, putain, dit Vincent. Trouver mieux ne sera pas difficile. »

Je le regarde mais je ne réponds rien pour ne pas doucher son enthousiasme dont la pureté et la naïveté me ravissent — j'aimerais renouer avec une telle innocence, de temps en temps, avoir la certitude que mes forces demeurent intactes et que rien n'est insurmontable, que tout est possible.

Il ne reste plus que deux scones dans l'assiette que Josie pousse vers nous — ni Richard ni Vincent ni moi n'y avons touché. Elle me demande si elle peut m'embrasser. J'opine, bien qu'une miette de pâtisserie reste collée à sa lèvre.

La charge d'un loyer supplémentaire n'est pas une très bonne nouvelle pour mon budget mais je fais contre mauvaise fortune bon cœur et me laisse féliciter pour ma générosité, mon indulgence, ma bienveillance, etc. J'en profite pour

leur demander des nouvelles du père d'Édouard-
bébé, celui qui est en prison, je profite de l'eupho-
rie générale pour aborder ce sujet qu'en d'autres
circonstances je n'aurais su comment mettre sur
la table.

Un instant, ils sont décontenancés. Richard se
racle de nouveau la gorge dans son poing. « Comment les choses vont-elles se passer ? demandé-je
sur le ton d'une conversation légère. Un enfant
ne peut pas avoir deux pères, il me semble. »

Naturellement, je ne suis pas intéressée par le
sort du père biologique ni par les raisons qui l'ont
conduit là où il est. Je désire simplement savoir
ce qu'ils ont prévu, et comme je le craignais, ils
n'ont rien prévu du tout.

Je préfère partir. Je préfère partir plutôt que de
me fâcher avec eux — dire de ces choses que l'on
regrette plus tard mais qui restent gravées dans le
marbre noir.

Anna n'est pas surprise, elle en était arrivée à la
même conclusion avant que Josie décide de ne
plus mettre un pied chez elle — et si cette dernière n'avait pu pousser Vincent à suivre son
exemple, elle avait tout de même obtenu qu'ils se
voient moins souvent et Anna lui en veut à mort
pour ce coup bas, d'une gravité extrême.

La neige tombée ce matin a tenu et la température descend. Il souffle un air glacial. Je suis rentrée tôt car nous sommes en vigilance orange
— de fortes précipitations sont prévues dans
la soirée. Je vois Patrick au loin qui rentre du
bois. Un tourbillon blanchâtre s'échappe de sa

173

cheminée. Au-dessus d'une tasse de thé encore fumante, j'observe ses aller et retour les bras chargés de bûches. Il a de la chance, me dis-je, son secret est bien gardé. Je ne l'ai dénoncé à personne. Je pourrais l'envoyer croupir en prison ou chez les fous mais je ne le fais pas. Il a de la chance d'avoir affaire à moi. Il devrait venir m'embrasser les pieds.

Les bois alentour sont tout blancs. Je regarde le ciel, le train des nuages mordorés qui se disloque et s'éparpille à mesure que le vent se lève. Le soir tombe. Je l'appelle pour fermer mes volets. Après quelques secondes de silence, je demande : « Vous êtes devenu sourd ? »

Je dois me forcer pour voir l'autre, celui qui se cache, qui est derrière. C'est un effort presque impossible à faire. J'en suis presque à me demander si je n'ai pas rêvé.

« Et cette cheville ? » demande-t-il tandis qu'il s'est déjà précipité comme l'autre fois sur la fenêtre la plus proche — mais le vent n'est pas encore très fort pour le moment.

« Ma cheville va bien, réponds-je. Merci. Et cette main ? »

Il hausse les épaules en souriant, prend un air fataliste. « Rien de méchant », m'assure-t-il en l'agitant comme une marionnette autour de son axe.

Je le suis dans sa besogne de fenêtre en fenêtre à travers la maison et à aucun moment il ne fait mine de s'approcher de moi ni ne se départ de son expression joviale et à aucun moment je ne parviens à distinguer l'autre, pas une ombre, pas la moindre lueur fugace, bien que je ne quitte pas Patrick des yeux une seule seconde.

Le Démon habite-t-il un corps vingt-quatre heures sur vingt-quatre ou ne l'investit-il que par instants ? Je me posais déjà cette question au sujet de mon père. Quelquefois je penchais d'un côté, quelquefois je penchais de l'autre, chaque fois persuadée que j'avais trouvé la bonne réponse.

Il file chez lui chercher un caviar d'aubergine acheté dans le Marais — il est seul, Rébecca est en route pour Compostelle — et dont je suis censée lui dire des nouvelles. Je le regarde sortir en courant et affronter la tourmente qui se lève. Il ne neige pas encore mais le ciel continue de se charger. La lune produit un halo nacré. Pendant ce temps, je prépare deux Black Russian. Puis il redescend à toute allure, balayé comme un fétu dans les rafales, zigzaguant mais gardant le cap jusqu'à ma porte, que j'ouvre, qu'il passe, totalement essoufflé.

Je suis sidérée par mon comportement. Patrick lui-même ne paraît pas en mesure de décrypter la situation. Il reste debout dans l'entrée, interdit, souriant — d'un sourire presque douloureux qui semble demander ce qui ne va pas —, attendant que je lui annonce la suite des événements. Je suis sidérée. C'est à mon tour de constater qu'il y a une autre Michèle.

«Voyons ce caviar d'aubergine», dis-je en tournant les talons.

Assurément, il n'est pas question d'un dîner,

d'une invitation à nous asseoir à la même table comme si nous étions de vieux amis, il ne s'agit pas de *partager* un repas, de faire comme si de rien n'était, mais il n'en reste pas moins que c'est moi qui l'ai appelé. C'est moi qui lui ai demandé de venir. Et sincèrement, j'ai du mal à le croire, j'ai envie de me pincer.

Je lui tends son verre. Il me tend un toast. «Excellent», dis-je. Le vent commence à ronfler dans la cheminée.

Il me reste quelques souvenirs d'une époque où l'on prenait couramment des amphétamines pour tenir le coup durant la période des examens ou autres, et j'éprouve littéralement la même chose à cet instant précis, je sens un courant électrique me parcourir des pieds à la tête, mon visage se prendre dans des fils d'araignée, mes paumes devenir moites, ma bouche devenir sèche, mes pensées se précipiter.

«Et alors, dis-je, c'était comment?»

Je ne reconnais même pas ma voix. Il est accroupi devant la table basse, il s'occupe des toasts, il laisse le dernier en suspens et lève les yeux sur moi. Puis il baisse la tête et la secoue en gloussant comme s'il venait d'entendre une bonne plaisanterie.

Lorsqu'il a fini avec ses contorsions et consent à me regarder de nouveau, c'est l'autre qui durant une seconde m'apparaît, grimaçant et terrible, et je m'apprête à saisir le tisonnier pour le tenir en respect mais il a déjà disparu et c'est Patrick, touché, qui s'assied sur ses talons et qui, avisant son verre sur la table, le saisit et le vide en quelques gorgées.

« C'était bon ? C'était comment ? insisté-je avec un sourire si forcé qu'il ressemble plutôt à un rictus amer. Répondez-moi. »

Si baisser davantage la tête était possible, il le ferait sans doute.

« Alors ? Ça vous a plu ? » me force-t-il à répéter d'une voix sourde.

Il lève de nouveau les yeux sur moi — et il y a ce grain de folie, bien sûr, mais il reste attirant, et son regard est un pur poison quand il le veut.

Le vent souffle fort à présent, ample et profond, et l'on sent la pression qu'il exerce contre les murs. « C'était nécessaire », finit-il par déclarer.

Je ne réagis pas. Ces mots s'inscrivent dans ma tête.

J'allume une cigarette. Je suis totalement décontenancée par sa réponse. Furieuse également. Je promène mon regard dans la pièce dont toutes les ouvertures sont bouclées et je m'adresse quelques mots très durs relatifs à mon inconscience, mon arrogance, ma stupidité. Mais je n'ai pas peur de lui. Je lui tourne le dos pour remettre une bûche en place, je n'ai pas peur. Quand j'ai terminé, je lui demande de sortir de chez moi.

« Tout de suite ! » ajouté-je. Et comme il reste de nouveau interdit, souriant — il semblerait que ce soit son style, interdit / souriant — je lui braque mon Guardian Angel en pleine figure et l'avertis que je ne le dirai pas deux fois.

Il comprend. Sans doute ai-je employé le ton

qu'il fallait et affiché l'expression résolue qui convient — proche de l'écume aux lèvres. Je l'accompagne vers la sortie sans cesser de brandir ma bombe de gaz devant ses yeux. Je suis si tendue que j'en tremble presque et je vois que ma nervosité l'inquiète assez, qu'il craint quelque geste incontrôlé ou inconsidéré de ma part — j'ai beau avoir une certaine expérience de ce genre de matériel, il m'est arrivé de déclencher le système de propulsion par inadvertance et un bougre alors a failli en perdre un œil.

Lorsqu'il ouvre la porte, nous restons figés un instant devant l'obscurité sifflante et grondante qui s'est emparée du jardin. D'une grimace, il cherche à obtenir ma clémence. Dieu seul sait si l'on peut tenir debout dans cette tempête.

« Dehors ! » lui dis-je sans même desserrer les dents.

Je suis très contrariée de la manière dont je réagis à cette histoire, de la confusion qui règne en moi et me donne chaque jour davantage le sentiment qu'elle m'échappe et s'obscurcit. Je déteste avoir à me battre contre moi-même, à me demander qui je suis. Ne pas avoir accès à ce qui est enfoui en moi, si profondément enfoui que je n'en perçois qu'une infime et vague rumeur lointaine, comme un chant oublié, déchirant, totalement illisible, ne me facilite pas les choses.

Quelques jours plus tard, Anna propose d'engager Vincent et bien entendu c'est une façon de régler aussitôt le problème de ses revenus, mais je ne suis pas tout à fait convaincue. J'avais eu cette idée. Je l'avais abandonnée à la fois parce que je n'étais pas sûre que Vincent puisse convenir à quelque poste que ce soit derrière un bureau et parce qu'il m'avait demandé de m'occuper de mes affaires avant de me raccrocher au nez. Les choses vont un peu mieux entre lui et moi depuis que son père est en ménage avec une autre femme, mais je ne suis pas certaine que cela suffise.

Anna écarte mes réticences d'un geste.

« En tout cas, dis-je, ce n'est pas moi qui serai la plus difficile à convaincre. »

Josie va exploser, on peut aisément l'imaginer. Anna me répond qu'elle sera ravie de voir ça.

De son côté, Vincent prétend que ce ne sera que provisoire et il se fait fort d'amener Josie à la raison — eu égard au climat d'incertitude tous azimuts qui règne sur le Vieux Continent.

Je ne sais pas. Je n'ai envie d'affronter personne. Je reste prudente. Je me réjouis que le vent tourne en faveur de Vincent mais néanmoins j'appréhende

d'établir une relation professionnelle avec lui — une expérience qui s'est révélée très décevante entre son père et moi, qui n'a fait qu'envenimer les choses entre nous.

« Tu ne l'auras pas dans les jambes, tâche de me rassurer Anna. Je m'occuperai de lui. Je lui mettrai un bureau quelque part. »

Je pense qu'elle souhaite réellement balayer Josie du jeu, je sens cette fureur joyeuse qui l'anime, ce sombre désir d'avoir quelqu'un à combattre, à qui se mesurer — et plus les années passent plus elle devient dure, pugnace, plus ce goût d'en découdre se fait vif et l'emporte sur le reste. Je l'observe avec intérêt. Je vois comme elle embobine Vincent, comme elle tend ses fils. Je vois le décor de la future bataille se mettre en place. Je suis très contente de ne pas m'en mêler. Tant pis, s'ils se plaignent de mon manque d'enthousiasme.

La tempête de ces derniers jours a emporté quelques arbres, cassé beaucoup de branches, et un camion rempli de bois se gare de bon matin devant chez moi et tandis que deux hommes le déchargent et empilent les bûches derrière la maison, Patrick me dit de ne pas le remercier, que l'on ne pouvait décemment pas laisser pourrir ce bois, bla bla bla. Il cligne des yeux dans la clarté matinale et sourit sur le seuil de ma porte. Il ajoute que c'est un cadeau du ciel.

Tous les prétextes sont bons, semble-t-il, pour maintenir notre relation en vie après chacune de nos détestables entrevues — mais il arrive, me dis-je sans y croire, que les choses les plus mal engagées finissent par s'accorder étonnamment bien au bout du compte.

«J'aimerais vous inviter à dîner, me déclare-t-il tout à coup en fixant le bouton de ma sonnette d'entrée.

— Non, dis-je. C'est impossible.»

Il accuse le coup puis risque un œil dans ma direction. «Je voulais dire en ville. Pas chez moi.

— Vous avez de l'humour, dis-je. Une sacrée dose. »

Durant trois jours, je ne l'aperçois même plus. Sa cheminée fume du matin au soir, il y a de la lumière mais je ne détecte aucun mouvement à l'intérieur. J'ai autre chose à faire qu'à me soucier de l'emploi du temps de Patrick, mais il se trouve que je reste à la maison pour travailler — et permettre l'installation de Vincent dans les bureaux d'AV Productions sans avoir à m'en occuper, choisir un endroit, faire les présentations, l'initier au fonctionnement du copieur, aux subtilités de la machine à café, etc., choses qui m'auraient très vite horripilée.

Dans mon bureau, chez moi, ma table est installée devant la fenêtre et la maison de Patrick se trouve sur le versant opposé, juste en face. La meilleure vue se situe au grenier, mais cette fenêtre-ci est amplement suffisante, je suis là pour travailler, pas pour autre chose, un mouvement néanmoins, un départ, un retour, une voiture, une portière qui claque, attire aussitôt l'attention, oblige à lever les yeux, or depuis trois jours le tableau est entièrement figé, hormis les lumières du soir et le panache blanc de la cheminée, c'est un décor d'hiver immobile et silencieux — légèrement mortifère.

Au matin du quatrième jour, en rentrant de courir — pratiquement sur une jambe —, je fais un détour et m'approche de sa maison en reprenant mon souffle, mains sur les hanches, brûlante et glacée.

Quelques flocons tombés dans la nuit ont effacé toute trace, toute empreinte alentour, il fait beau, le silence est ponctué de cris d'oiseaux.

On ne voit rien à l'intérieur, les rideaux sont tirés. Je sonne. Je me tourne pour regarder ma propre maison, de l'autre côté, et je cligne des yeux. Je sonne de nouveau, puis sans réponse je fais le tour, sa voiture est dans le garage.

Il est ivre mort. Je le trouve effondré dans son salon, inconscient, après m'être introduite avec précaution chez lui par la cuisine, m'avançant pas à pas, m'annonçant à haute voix, « Hello ?! Hello ?! » tandis que la neige détachée de mes semelles fond sur le parquet en petites flaques luisantes, disposées dans un ordre précis.

J'ouvre les rideaux. Des bouteilles jonchent le sol.

Le soir tombe lorsqu'il vient sonner à ma porte pour s'excuser de m'avoir offert un si pitoyable spectacle et me remercier de l'avoir traîné sous la douche et aspergé de l'eau glacée qu'il méritait et d'avoir préparé du café fort. Je ne suis pas restée pour voir comment il se débrouillait, mais il porte des vêtements propres, il est rasé et coiffé et n'étaient le teint crayeux et les cernes bleu pâle qu'il arbore, il pourrait retourner derrière le guichet de sa banque et personne n'hésiterait à confier ses économies à un garçon aussi soigné et aussi aimable.

« J'ai l'impression que vous ne comprenez pas très bien, dis-je. Mais c'est ma faute. Je ne peux m'en prendre qu'à moi. Ce n'est pas facile, vous comprenez. Je suis à un moment de ma vie où je ne vais pas très bien, où je me sens assez perdue. Alors vous devez en tenir compte. Si je n'ai pas été aussi claire que j'aurais dû l'être, je le regrette infiniment, Patrick, mais tenez-en compte. On ferait parfois n'importe quoi pour se sentir juste un peu mieux, vous savez. »

Avant que j'aie pu faire un geste, il met un pied à l'intérieur, plaque sa bouche sur la mienne et me fait reculer, ferme la porte du pied, et nous dégringolons bientôt sur le sol, à l'endroit exact où il m'a violée la première fois, et nous gémissons et grognons et luttons comme des chiens enragés.

Il soulève ma jupe, arrache mon collant, attrape mon sexe tandis que je le martèle de mes poings et cherche à le mordre. Quand soudain un voile se déchire, le chemin s'éclaire devant moi et je cesse aussitôt de me débattre et retombe inerte et consentante au moment où il s'apprête à passer à l'acte.

Il est allongé sur moi. Il hésite, se raidit une seconde et gémit avant de s'effondrer comme un soufflé.

Puis il bondit brutalement sur ses pieds et file vers la sortie sans même prendre le soin de refermer la porte. Je me lève pour y remédier. Marty, qui une fois encore assistait à la scène, me regarde passer avec un air étonné. « C'est un peu compliqué à t'expliquer », lui dis-je cependant qu'il m'emboîte le pas.

Je n'ai pas l'occasion de revenir sur ces événements durant les jours qui suivent car j'ai du travail et je quitte la maison aux aurores et ne rentre que le soir, n'ayant plus le goût ni la force de m'occuper d'une aventure quelconque. Je jette un vague coup d'œil sur sa maison en partant, les volets sont tirés, la cheminée fume, tout est calme, et je fais la même chose en rentrant, je vois les fenêtres allumées, la nuit qui scintille sur la neige qui recouvre son jardin, mais rien de plus, j'entre dans mon garage, je coupe le contact, je cherche mes clés et je n'y pense plus.

Dans la vie, travailler est encore ce qu'il y a de plus simple et je m'accommode tout à fait bien de cette fatigue que provoquent ces interminables réunions, ces interminables appels, ces interminables relectures et autres, tant qu'il me reste assez d'énergie à la fin de la journée pour rentrer chez moi me confectionner un sandwich, m'enfermer dans ma chambre, me déshabiller, me faire couler un bain et fumer un peu d'herbe pour décompresser en écoutant de la musique, en jouant avec mon savon glycériné. Seule avec mon vieux chat.

À l'origine, Marty était destiné à Vincent qui réclamait un chien depuis des mois, et Richard, qui ne voulait pas en entendre parler, s'était imaginé qu'un chat ferait l'affaire et Vincent n'avait même pas voulu le tenir dans ses bras — pour finir, le chaton s'était réfugié dans les miens.

Je suis heureuse de l'avoir avec moi. S'il ne m'est pas d'un grand secours lorsque l'on m'agresse, peu importe. Je n'ai pas trop l'impression d'habiter une maison vide avec lui. Je lui parle. Et nous n'avons pas de souris.

L'installation de Vincent nous ralentit dans notre travail, bien entendu, car il est assez souvent dans nos jambes, à la recherche d'un crayon ou d'une agrafeuse ou nous interrompant par de grands signes derrière la vitre pour obtenir je ne sais quelle information à propos du travail d'archivage que nous lui avons assigné en attendant d'y voir plus clair. J'ai voulu faire valoir cet argument, à savoir que le moment était mal choisi pour former qui que ce soit, que nous devions rattraper du retard sur certains projets, que le temps nous manquait, mais Anna était bien trop pressée de mettre sa stratégie en œuvre pour m'écouter, et donc les journées sont suffisamment longues et remplies en ce moment, je n'ai pas l'intention de les charger davantage.

D'autant que les choses s'enveniment assez vite avec Josie qui somme Vincent d'abandonner sur-le-champ le poste qu'Anna lui a si opportunément attribué.

« Elle ne sait donc pas ce que CDI veut dire ? », feins-je de m'offusquer afin d'étouffer dans l'œuf toute suspicion d'intelligence entre Josie et moi, étant donné ma piètre neutralité. Anna sourit dans l'ombre tandis que Vincent se mordille l'ongle du pouce — j'hésite à évoquer l'absurde précipitation avec laquelle il s'est jeté dans les bras de cette femme en dépit de toutes nos mises en garde.

Richard est allé flirter quelques minutes avec

Hélène et lorsqu'il redescend, il s'enquiert de la décision de son fils. «Alors, vieux, tu en es où?» S'ensuit un effroyable suspense. Puis Vincent lève les yeux sur Anna et annonce qu'il reste. Anna est très contente. Je retrouve cette expression de joie profonde que Vincent déclenche en certaines occasions chez elle et qui s'était manifestée pour la première fois quand elle l'avait porté sur les fonts baptismaux — j'avais discrètement poussé Richard du coude pour lui indiquer cette image de pur bonheur qu'elle incarnait.

Elle nous invite à déjeuner. Je dis que ce n'est pas sérieux, que nous n'avons pas le temps, mais ils sont trois contre moi, et bientôt quatre car Anna vient d'envoyer Richard chercher sa nouvelle fiancée.

«Oh, dis-je, c'est ainsi que tu l'appelles? Ils sont fiancés?»

Elle hausse les épaules : «Ils sont en couple, non? — Maman, arrête, soupire Vincent. Tu le sais bien.»

J'allume une cigarette. Lorsqu'ils arrivent, je regarde ailleurs.

Cependant, quelques soupçons surviennent sur la capacité de Vincent à résister aux assauts de Josie, mais il semble déterminé et envisage même de passer la nuit à l'hôtel s'il ne parvient pas à lui faire entendre raison. J'observe Richard et Hélène du coin de l'œil. Autrefois, je formais un couple avec cet homme. Aujourd'hui, il forme un couple avec une autre femme. Nous sommes au milieu du repas, je n'ai plus faim mais je commande un gin-tonic.

Et lorsque l'on me sert, il se tourne vers moi et me fait les gros yeux.

Je règle la facture de l'enterrement de mon père. Quelques articles ont annoncé sa mort et reparlé du massacre, mais en dehors du chapelet d'insultes que des lecteurs ont naturellement postées, rien n'est parvenu jusqu'à moi, ni courrier, ni coup de fil, ni contact d'aucune sorte et c'est Ralf qui remédie à cet oubli.

« C'est un cinglé de moins, me dit-il, si je peux me permettre. »

Je suis en train d'emballer les vêtements d'Irène pour la Croix-Rouge. J'interromps ma besogne un instant et lui explique aimablement qu'aucun homme possédant un minimum d'éducation n'irait insulter un mort devant sa fille, et je reprends ma tâche, l'ignorant ostensiblement.

« Arrêtez vos grands airs, dit-il. J'ai jamais pu les saquer.

— Est-ce que vous avez bu ?

— J'ai jamais pu saquer les bêcheuses. »

À ces mots, il s'affaisse. Décembre est un mois où les hommes se saoulent — tuent, violent, se mettent en couple, reconnaissent des enfants qui ne sont pas les leurs, s'enfuient, gémissent, meurent — mais au moins celui-ci a-t-il gardé l'usage de la parole et je finis par apprendre que nous avons fréquenté la même école autrefois et qu'il se souvient de l'horreur dans laquelle mon père avait plongé le pays tout entier et que déjà, à l'époque, il ne supportait pas les airs que je me donnais.

Je n'ai le souvenir d'aucun visage de ces années-là, ce qu'il dit est peut-être vrai.

« Allez prendre une douche, vous ne sentez pas bon », dis-je.

Il dodeline, me considère d'un œil mauvais. « Ça fait un salaud de moins en tout cas, et je suis ravi d'avoir baisé sa femme. »

Je ne réponds pas. J'enfile mon manteau et mes gants. « Ne tardez pas toutefois avec vos valises », dis-je.

Quelques plaques de glace descendent la Seine. Je rejoins Anna pour un dîner où nous devons convaincre deux investisseurs importants — plutôt coriaces mais nous finissons par conclure à notre avantage. Il est tard et je suis fatiguée lorsque nous sortons du restaurant et Vincent m'envoie un message m'indiquant qu'il est à la porte de chez lui. J'attends de voir si Anna reçoit la même chose. Je lui réponds que j'arrive.

Je suis agréablement surprise que ce soit moi qu'il appelle dans une situation difficile. Je vais le chercher et prends un air outragé quand il m'annonce que Josie a fait changer les serrures. « Mais c'est n'importe quoi », dis-je.

Il est à la fois nerveux et désemparé, je pense qu'il ne s'était pas préparé à une riposte aussi radicale de la part de Josie et qu'il ne parvient pas à en mesurer les conséquences. Il ne me demande pas où l'on va. Je longe les quais.

« Je sais que grand-père est mort », dit-il.

Sur ce terrain, Irène m'avait battue. Elle avait profité de l'âge ingrat de Vincent, de cet âge épouvantable au cours duquel tout ce qui pouvait agacer ou contrarier sa mère était aussitôt adopté. «Ne l'appelle pas grand-père, lui disais-je. Tu n'as pas de grand-père. Cet homme n'est rien pour toi», et je me tournais ensuite vers Irène : «Et toi, quand donc auras-tu fini de lui mettre ça dans la tête? Ça t'avance à quoi, dis-moi?» Nous nous disputions âprement à ce sujet, j'enrageais littéralement, mais je ne tenais pas une position aisément défendable, je ne pouvais effacer les liens du sang.

Je lui glisse un regard méfiant mais je n'ai décelé aucune intention sarcastique lorsqu'il a employé le mot *grand-père* et son air pacifique me rassure. «Oui, il s'est pendu», dis-je.

Il hoche la tête et se met à regarder dans le vague. Nous traversons le pont de Sèvres. «Putain, c'était quand même ton père», dit-il.

Lorsque nous arrivons, je n'ai pas besoin de lui indiquer sa chambre, il la connaît. Je lui trouve une brosse à dents. Dehors, la lune brille dans la nuit froide. «Demain, départ à sept heures», lui dis-je. Il acquiesce. Il bâille. Il fait un vague geste dans ma direction. «Merci pour le coup de main, dit-il.

— Tu n'as pas besoin de me remercier. Je suis ta mère, je suis là pour ça.

— Eh bien, je te remercie quand même.»

Il cherche quelque chose à lire. Je lui tends un recueil de nouvelles d'Eudora Welty.

«Tu en penses quoi? me demande-t-il.

— C'est l'une des plus grandes.

— Non, je veux dire, si tu étais à ma place, tu ferais quoi?»

Comment aurais-je pu imaginer qu'il voulait mon avis? J'en reste bouche bée. Je fais mine de réfléchir en examinant les motifs du tapis qui orne le couloir devant ma chambre.

«Je ne sais pas, dis-je. Je ne sais pas jusqu'à quel point tu tiens à elle. Mais à ta place, je ne reviendrais pas trop vite à la charge, j'attendrais un jour ou deux, sans donner signe de vie. Accorde-toi un round d'observation. Assure-toi la maîtrise du calendrier. Ceux qui l'emportent sont ceux qui ont les nerfs les plus solides, ne l'oublie pas. Et tu sais, je ne la connais pas bien, mais je dirais que les siens ont l'air sérieux, qu'elle est du genre à tenir tête à n'importe qui.

— J'ai jamais vu ça, un caractère de chien pareil.

— Tu vois. Attends-toi à rencontrer une certaine résistance. Mais tout n'est pas négatif dans cette histoire. Vous allez pouvoir réfléchir l'un et l'autre à ce que vous souhaitez vraiment, vous allez pouvoir mettre votre relation à l'épreuve, la tester. Parce que, Vincent, vous ne ferez pas l'économie de cette réflexion quoi qu'il arrive. D'ailleurs, le père d'Édouard n'est-il pas censé sortir bientôt?

— C'est moi, son père.

— Oui, j'entends bien, mais lui, qu'en dit-il?

— J'en sais rien. Ils sont séparés.

— Alors pourquoi cet empressement à le faire sortir, tout cet argent dépensé ?

— C'est une question de justice. Les flics ont voulu faire un exemple. C'est pas supportable, putain.

— Oui, peu importe, ce n'est qu'un point parmi d'autres que je soumets à ta réflexion, ce n'est qu'un des multiples problèmes que tu vas rencontrer. Tu dois le savoir. Il n'y a pas de blâme lorsque l'on agit en connaissance de cause. Mais tu peux compter sur mon aide, quoi qu'il en soit. Je me suis donné assez de mal pour te mettre au monde, tu comprends. »

Il sourit. Encore quelques jours à ce régime et il viendra m'embrasser matin et soir.

Je ne regrette pas de lui avoir dit qu'il pouvait compter sur mon aide. C'est la pure vérité, je serai là jusqu'à mon dernier souffle pour lui, mais il passe la journée entière ou peu s'en faut dans mon bureau, à marcher de long en large, à ronger son frein dans mon dos, posté devant ma fenêtre, devant les tours plantées dans le ciel blanc qui tourne de nouveau à la neige, à marcher de long en large, à consulter son portable, à fumer consciencieusement mes cigarettes, alors que je suis débordée. Anna me fait signe d'être patiente.

À midi, il ne mange rien, et le soir pas davantage.

« La première journée est la plus difficile, dis-je.

— Ah bon ? Qu'est-ce que tu en sais ? »

Il prend une pelle et dans l'obscurité presque complète — le clair de lune manque de vaillance

— il se met à déblayer fougueusement la neige devant la maison.

Quand il rentre, il est en nage mais je vois qu'il a évacué une bonne partie de la tension qui l'habitait — son père faisait la même chose en hiver lorsque nous avions un différend et le reste du temps il s'en prenait aux feuilles mortes, les brûlait, arrachait les herbes folles ou se mettait à couper du bois, etc. Je ne pensais pas que Josie — bien que je me sois toujours méfiée de l'attrait sexuel qu'exercent les filles de fort gabarit sur les esprits faibles —, je ne pensais pas que Josie avait le pouvoir de le mettre dans cet état, qu'à ce point il tenait à elle. Je reste perplexe. J'ai manqué de réactivité, d'acuité, de perspicacité dans cette affaire. À l'approche de la cinquantaine, je doute que ce soit très rassurant.

Un peu plus tard, je m'aperçois que je me suis de nouveau trompée. Je suis une mauvaise mère car je recours à quelques verres de vin blanc pour lui délier la langue, mais quoi qu'il en soit je commence à voir une tout autre réalité se dessiner par petites touches, s'assembler sous mes yeux comme un puzzle, de sorte que l'évidence surgit enfin : ce n'est pas Josie qu'il veut, c'est son fils. Ce n'est pas la femme, c'est l'enfant.

Bien des attitudes et bien des réflexions s'éclairent tout à coup, mais je n'ai rien vu quand elles étaient sous mes yeux ou me tombaient dans l'oreille, je n'ai pas été capable d'envisager autre chose que ces éternelles querelles de couple et mon aveuglement a été total. Cela dit, je m'assieds à côté de lui et lui prends la main sans rien dire, mais il est assez ivre pour ne pas s'en inquiéter.

Je ne dors pas de la nuit — nuit immense, vertigineuse, chaotique, sans fin — et de bon matin, nous rencontrons Patrick à la supérette. Plus exactement, Vincent et Patrick se rencontrent dans je ne sais quel rayon et ils se dirigent vers moi en discutant aimablement, comme de bons amis.

Et l'infâme Patrick ne se penche-t-il pas sur moi pour m'embrasser ? Je me raidis comme si je m'apprêtais à recevoir l'étreinte d'un pestiféré, mais il ne s'en émeut pas et ses lèvres se posent sur mes joues — avec d'autant plus d'insistance qu'il me tient le biceps et le serre. Quand il me lâche, je m'empresse de cacher ma confusion, ma nervosité, mon émoi, en attrapant la première chose qui me tombe sous la main, en l'occurrence un lot de cinq paquets de spaghettinis (n° 3) que j'ajoute à mon caddie et je reprends mon chemin sans plus lui prêter attention.

Malheureusement, il est charmant ce matin, et bien que j'y mette la plus mauvaise volonté du monde, il finit par me dérider — mais je dois tout de même éviter son regard afin de garder la tête froide. Pourquoi faut-il que ce soit si compliqué ? Pourquoi faut-il que je tombe sur un malade sexuel alors que je n'aspire qu'à la douceur, la tranquillité, le repos, après les bouleversements de ces derniers mois ?

Nous sommes chez lui, nous buvons un verre,

nous plaisantons, nous sommes en train d'impro-
viser un repas, j'ai l'impression d'être frappée
d'hallucinations. Je ne sais comment nous avons
atterri ici, comment j'ai pu accepter de mettre un
pied dans cette maison — c'est un complet mystère pour moi. Sans doute Vincent m'y a-t-il
poussée — il trouve Patrick très sympathique et a
eu hâte de contempler la collection de cinq mille
vinyles dont ce dernier a fait état tandis que nous
passions aux caisses et sortions sous le ciel bleu.
Mais Vincent n'est pas vraiment la cause princi-
pale de ma reddition. C'est un autre moi qui se
manifeste, à mon corps défendant. C'est un moi
qu'attirent les eaux troubles, le mouvement, les
terres inconnues. Je ne sais pas. Je ne peux pas
ouvrir mon crâne pour regarder à l'intérieur.
Quoi qu'il en soit, je suis là, sidérée par mon
audace, dressant la table tandis que les garçons se
sont mis aux fourneaux et réclament l'ouverture
d'une nouvelle bouteille de vin.

Vincent a déjà bu la veille, mais il m'oppose la
terrible incertitude dans laquelle il se trouve,
le besoin de se changer les idées, de rire un peu,
et balaye mes inquiétudes en se servant lui-
même. Je le regarde faire et je sens comme une
première défection dans mes rangs.

Aux dernières nouvelles, Rébecca a passé la nuit
aux environs de Gijón, dans les Asturies, et
j'écoute Patrick m'entretenir du pèlerinage de sa
femme avec le plus grand intérêt tandis que
Vincent dort les yeux ouverts à mes côtés après
avoir négligé mes conseils de modération, me

laissant seule en compagnie de notre hôte qui semble n'avoir d'autre ambition que de se montrer sous un jour agréable et qui, contre toute justice, y parvient avec une facilité déconcertante — je sais que cela vient de moi, de mon désir qu'il s'en sorte bien justement et qu'à ce jeu n'importe quel gardien de prison peut paraître aimable, mais c'est ainsi.

Il fait si bon chez lui que j'ai déboutonné mon chandail et me renseigne sur son installation en matière de chauffage.

« Chaudière à bois, dit-il. À flamme inversée.

— Oh, vraiment ? À flamme inversée, dites-vous. Hin-hin. »

Je n'y connais strictement rien, mais je hoche la tête en prenant un air entendu. La décoration du salon est de style jeune cadre supérieur — pâles rééditions, faux vintage —, assez vite ennuyeuse, mais le soleil de l'après-midi qui darde ses rayons à travers la pièce améliore un peu tout ça. Dans un demi-sommeil, Vincent glisse doucement sur la banquette. Sa présence, quoi qu'il en soit, change la situation du tout au tout et je me sens relativement détendue depuis que Patrick m'a fait goûter un vieux brandy qui est en train d'emporter mes derniers bastions.

« J'ai entendu dire, déclaré-je, qu'on obtenait de bons résultats avec le chauffage par le plafond. »

Son installation se trouve dans la buanderie. Tous ces appareils, ces compteurs, ces câbles électriques, ces tuyaux rouges, bleus, noirs, jaunes, ces coudes, ces manchons, ces raccordements, ces conduites, ces robinets d'arrêt, ces boulons, ces écrous, toute cette machinerie valait le déplacement, dis-je. Poursuivant la présentation, il m'indique son ballon d'eau chaude. Très bien, lui aussi, énorme. À côté, la fameuse chaudière ronfle paisiblement. Je m'apprête à lui demander si le fioul reste une option intéressante quand il me saisit brutalement le poignet. Je résiste. Je le regarde droit dans les yeux. «Non, pas ici, pas maintenant!» articulé-je d'une voix sourde. Sans me lâcher, il me plaque contre le mur, enfonce un genou entre mes jambes. Je le repousse d'un coup de rein. «Vincent est à côté», dis-je. Il se jette de nouveau sur moi. Au passage, nous renversons une étagère dont les tiroirs métalliques se répandent sur le sol. De ma main libre, je le frappe au visage. Il rugit et se frotte contre moi. Nous dégringolons par terre. C'est un corps d'homme, une force d'homme contre lesquels je n'ai guère de chance de l'emporter, mais le piquant de l'histoire, ce qui me ferait sourire si je n'étais pas occupée à me débattre comme une enragée tandis qu'il cherche à introduire son sexe en moi, c'est qu'il est en mon pouvoir de mettre fin à son assaut dans la seconde, c'est qu'il m'appartient à moi, pauvre femme, de renvoyer ou non cet imbécile à sa niche.

L'après-midi est avancé mais il fait toujours beau. Je secoue doucement l'épaule de Vincent qui, innocemment, a poursuivi sa sieste tandis que je subissais les derniers outrages à quelques pas de lui. Il demande où il est, il se frotte les yeux et nous sourit en expliquant qu'il s'est endormi, ce que nous avions parfaitement compris. « Il est temps de rentrer », dis-je. Il se redresse. Patrick nous apporte nos manteaux. J'évite de le regarder. Il nous raccompagne jusqu'à la porte. Vincent et moi sortons — si l'on y regarde d'un peu plus près, on voit que je suis en retrait par rapport à mon fils et que, profitant de ce décalage, je me suis tournée subitement vers Patrick et ai effleuré ses lèvres des miennes avant de reprendre mon chemin ni vu ni connu en direction de la voiture, les joues encore brûlantes, me maudissant.

À la tombée du soir, Vincent se met à marcher de long en large. De temps en temps, lorsqu'il arrive devant une fenêtre, il s'arrête et regarde dehors, fixe le crépuscule que chaque minute assombrit, avant de se remettre en route. Il est d'une grande nervosité. Le contraire de moi qui suis en train de garnir une pâte à pizza — je tiens la recette de Gino Sorbillo lui-même —, qui suis entièrement détendue, front lisse, épaules relâchées, d'humeur vagabonde.

Pour finir, il vient me demander s'il ne me reste pas un peu d'herbe à fumer car il n'y tient plus, le silence de Josie devient intolérable. « Calmetoi, ils ne vont pas s'envoler », lui dis-je, mais je ne parviens pas à le rassurer.

Lorsque nous passons à table il se sent mieux, mais il se sentirait encore mieux, ajoute-t-il, si cette garce — c'est plus ou moins ainsi qu'il

nomme Josie, à présent — lui donnait des nouvelles.

Je regrette qu'il ne soit pas heureux. J'apprécie
ces quelques jours ensemble — rien à voir avec le
cauchemar que nous avons connu lui et moi
durant la période qui a suivi le divorce, où il
m'avait reproché jour après jour d'avoir jeté son
père hors de la maison, d'avoir détruit notre
famille, d'être sans pitié — et j'aimerais le voir
satisfait comme je le suis moi-même en ce
moment afin que nous puissions pleinement profiter de cette cohabitation inattendue, totalement
improvisée.

Je le regarde manger la pizza que j'ai préparée
et pour l'instant cela suffit à mon bonheur. Je
flotte un peu. Sans doute suis-je encore sous
le coup — sous le charme ? — de mon aventure
de l'après-midi — qui en même temps m'effraie.
Je me sens vaguement honteuse, j'ai bien
conscience du côté malsain de l'exercice auquel
nous nous sommes livrés dans la buanderie
Patrick et moi, ce rapport délirant, cette étreinte
sauvage, mais je dois être honnête, je dois regarder la vérité en face — j'ai aimé tenir son corps
dans mes bras, j'ai aimé entremêler nos membres,
son sexe à l'intérieur de moi, sa respiration
sourde, sa langue humide, ses doigts comme des
serres autour de mes poignets brûlants, ses mains
dans mes cheveux, ses lèvres m'obligeant à lui
ouvrir ma bouche, j'ai aimé toutes ces choses, j'ai
joui de ces instants, je ne *peux* pas prétendre le
contraire. J'ai fantasmé sur lui à de si nombreuses

reprises que je ne suis qu'à moitié étonnée, mais le pur plaisir est si rare que j'en suis encore un peu groggy, donc, et n'entame qu'avec parcimonie ma part de margherita.

Vincent, qui ne semble pourtant pas au maximum de ses facultés d'observation depuis que nous sommes passés à table, se met à me fixer avec insistance et un vague sourire se dessine sur ses lèvres. « C'est quoi, cet air que tu as ? » me demande-t-il.

J'ouvre de grands yeux ronds. « Je ne sais pas, de quoi parles-tu ?

— Tu es carrément ailleurs.

— C'est toi qui as fumé, Vincent, pas moi. »

Je souris et me lève de table pour couper court à la conversation qui s'engage en prétextant une salade à essorer. J'ai l'impression d'avoir été prise la main dans le sac.

Par chance, Vincent est reparti dans ses sombres ruminations de père dépossédé et m'a oubliée, de sorte que je peux m'éclipser un instant et me recomposer un visage d'honnête femme en rajustant mon chignon et en passant un gant frais sur mon front et mes joues légèrement cramoisies.

Un peu plus tard, il n'y tient vraiment plus, et comme je suis de bonne humeur et que je suis à court d'idées, je lui propose d'aller voir de plus près ce qu'il se passe et je n'ai pas fini de formuler ma proposition qu'il s'est déjà précipité sur son anorak.

Lorsque nous arrivons devant son immeuble, les fenêtres de l'appartement sont allumées. Nous

nous garons. Je regarde Vincent. « Et maintenant, que fait-on ? Écoute, je te conseille de ne rien faire. Regarde. Ils sont là. Tout va bien. Te voilà rassuré, non ? C'est également son fils, elle ne va pas le manger, tu sais. Vincent, tu m'écoutes ? »

Non, visiblement, il ne m'écoute pas. Il se tient penché en avant, le cou tordu vers ses fenêtres, puis il me dit : « S'il te plaît, attends-moi là, j'en ai pour cinq minutes.

— Non, écoute, mon chéri, c'est une mauvaise idée. »

Il pose ses mains sur les miennes. « Ça va, me dit-il, du calme. Je vais juste aller coller mon oreille à la porte.

— *Quoi ??!* C'est stupide. Ne fais pas ça.

— Ça va. Je suis grand. »

Je le suis des yeux tandis qu'il s'engouffre dans la porte de l'immeuble, je laisse tourner le moteur pour le chauffage, le quartier est calme pour un samedi soir, mais un air glacé souffle dans la nuit paisible. Il est le maître à bord, après tout. Ses erreurs et ses échecs le grandiront. Il a bientôt vingt-cinq ans, je ne dois pas m'en mêler. Il connaît mon avis, qu'il s'en inspire ou non le regarde. Je fume une cigarette après avoir ouvert mon carreau d'un centimètre. Je sens que je vais extrêmement bien dormir, cette nuit. Mon Dieu. C'est abominable. Je vérifie que je n'ai aucun message sur mon téléphone. Je me souviens très bien d'un homme que j'avais connu quelques années avant Richard et qui m'avait fait grande impression sur le plan sexuel, au point que son souvenir restait cruellement vif au fond de mon cœur, et j'ai l'impression que Patrick a réactivé en moi des sensations oubliées — que j'avais eu peur de ne plus éprouver car on dit que le grand frisson ne se produit qu'une fois dans la vie.

La consigne que je me donne est de ne pas me précipiter — ni dans un sens ni dans l'autre —, de garder la tête froide. De toute évidence, le problème n'a pas de solution. Avoir embrassé Patrick sur la bouche ne va rien arranger, j'en suis bien consciente, et je regrette ce baiser tout à fait stupide d'adolescente attardée dont je l'ai gratifié en partant — comme si tout le reste ne suffisait pas —, lorsque au même instant j'aper-çois Vincent bondir dans le hall puis se ruer vers la voiture avec le nouveau-né dans les bras. Il saute à l'arrière. «Roule! Roule, putain!» me lance-t-il.

Je roule durant une bonne minute sans prononcer un mot, puis je me gare et me tourne vers Vincent et je lui demande s'il n'est pas complète-ment fou. Je commence à énumérer la liste des ennuis qu'il va s'attirer mais Édouard se met sou-dain à pousser des hurlements comme un animal enragé, ce qui empêche toute possibilité de com-munication et nous brise les tympans pendant un moment.

Puis Vincent parvient à le calmer — je l'ai observé dans le rétroviseur et j'ai trouvé qu'il s'y prenait assez bien, avec assurance.

«Il y a du lait à la maison? demande-t-il.

— Tu penses que j'ai du lait pour nourrisson

dans mes placards ? Que je tiens un assortiment de couches à disposition ? Vincent, tu vas rendre cet enfant à sa mère, tu m'entends ? »

Il n'est pas idiot au point de ne pas comprendre que sa tentative est sans espoir et qu'il a sans doute réagi un peu trop vite, mais je pense qu'au fond il a obtenu ce qu'il voulait — il a emporté Édouard à l'étage pour lui donner un bain et je suis subjuguée par l'attention qu'il témoigne à cet enfant, par la tendresse qu'il lui réserve, je n'avais jamais imaginé Vincent sous ce jour, et il montre à Josie qu'il est prêt à se battre et qu'il ne reculera devant rien. Il fait d'une pierre deux coups. C'est bien. Je me réchauffe devant la cheminée et j'appelle Josie pour lui expliquer la situation.

D'emblée, elle ne m'épargne pas sa mauvaise humeur. À l'entendre, l'exploit de Vincent semble avoir donné lieu à certaine bousculade dans l'appartement et résultat, sa minichaîne est en mille morceaux.

« Ne vous inquiétez pas pour votre minichaîne, Josie, je vais m'en occuper. Quant à votre enfant, il est en sécurité, vous le savez bien. Vous venez le chercher quand vous voulez, Josie, venez demain, quand ça vous arrange. Vincent est conscient d'avoir commis une folie. Sinon, tout va bien, il n'a rien cassé d'autre ? Je les entends rire, au-dessus de ma tête, il est en train de lui donner un bain. Non, mais quelle histoire, tout de même.

— N'empêche que c'est vous qui conduisiez la voiture.

— Pardon ? Moi, je conduisais la voiture ? Quoi ?
Eh bien oui, j'étais au volant, sans doute, mais
que vouliez-vous que je fasse ? Je suis sa mère,
Josie. Vous verrez, vous n'allez pas tarder à comprendre ce que ça signifie. Mais enfin, tout est
bien qui finit bien, non ? Je conduisais, mais
j'étais glacée d'effroi, vous savez. Vous m'en voulez ? Allons, je vous en prie, oublions cette histoire. Vous aimez le cinéma ? Je vais vous abonner
aux chaînes cinéma, ça vous va ?
— J'aime bien aussi les animaux et l'histoire, et
aussi le corps humain. »
Je ne sais jamais si cette fille possède un humour
féroce ou si elle en est au contraire totalement
dépourvue. Je pousse un soupir de soulagement
lorsque je raccroche et je vais aussitôt me servir
un verre. J'ai eu mon lot d'émotions pour la
journée et comme par enchantement la neige se
remet à tomber et enveloppe la maison de son
aube silencieuse.
Je fume une cigarette devant la fenêtre en écoutant *We Move Lightly* de Dustin O'Halloran puis
je vais les rejoindre. Édouard gigote sur le lit,
dans une serviette-éponge. « J'ai trouvé du talc »,
me dit Vincent. Je hoche la tête, appuyée au
chambranle. Je ne viens jamais dans sa chambre
en temps normal — non par sentimentalisme
mais parce que je n'ai rien à y faire sauf aérer —
et l'image des deux réunis dans ce décor, côte à
côte, est assez étourdissante.
« Josie passera demain », dis-je.
Il ne répond pas. Au grenier, je trouve le landau

lui ayant appartenu — et lequel rend aujourd'hui justice à Richard qui avait décidé de le garder alors que je ne souhaitais qu'une chose, m'en débarrasser une fois pour toutes ou y mettre le feu pour être sûre de ne plus jamais mener une telle expérience. «Au moins, s'il n'a rien à manger et pas grand-chose à se mettre, fais-je remarquer en sortant l'engin de sa housse, récupère-t-il un lit.»

Vincent vient me rejoindre quand il dort. «J'ai fait des kilomètres et des kilomètres avec toi dedans, dis-je. Il a des suspensions formidables.» Comme il est moins intéressé par mes souvenirs de jeune femme que par la réaction de Josie, je m'efforce de lui rapporter notre conversation le plus fidèlement possible. Il réfléchit un moment et appelle Anna pour éclaircir quelques points juridiques tandis que je prépare des grogs et presse des citrons. De la fenêtre de la cuisine, je vois de la lumière chez Patrick, rien de plus que de vagues lueurs vacillantes derrière le rideau de neige, mais je refuse d'y penser.

C'est totalement impossible. Ne pas y penser est totalement impossible. L'expérience, la raison, l'intelligence, les années ne sont d'aucune aide. J'en ai honte, j'en suis meurtrie. Que va-t-il me rester de fierté, au train où vont les choses? Vincent est sorti un instant pour rentrer quelques bûches et un courant d'air glacé traverse un instant la pièce, au moment où je me pose la question, et me transit.

Je regrette de ne pas être assez croyante pour aller

voir un prêtre, car la foi est encore le meilleur remède au monde. Je pense qu'une bonne vieille confession m'apaiserait. J'aimerais être persuadée que Dieu me voit.

Nous sommes en train d'évoquer l'extrême fragilité des couples qui le plus souvent volent en éclats — et avec le temps, Vincent a fini par concéder que les torts étaient partagés entre son père et moi — quand Anna vient se mêler à nous et annonce en ôtant son manteau que rien ne va plus entre elle et Robert qui au fond n'a jamais été qu'un porc.

« Eh bien, mais de quoi parles-tu ? dis-je, légèrement inquiète.

— Il a une maîtresse, déclare-t-elle. Non, mais est-ce que vous imaginez ? »

Elle vient nous embrasser. Grâce à la lueur du feu, on ne voit pas que j'ai blêmi.

Elle prend les mains de Vincent dans les siennes.

« Mon pauvre chéri, dit-elle, nos amours ne marchent pas fort en ce moment.

— Bois un peu de mon grog, dit-il.

— Robert ? Une maîtresse ? fais-je d'une voix faible.

— Et tenez-vous bien, l'histoire dure depuis des années.

— Putain, c'est chaud, opine Vincent.

— Que dis-tu de ça ? me demande Anna.

— Écoute, je suis abasourdie.

— Je suis tombée des nues, moi aussi. J'ai dû m'asseoir.

— Tu m'étonnes », la plaint Vincent.

Je me lève pour piquer le cœur des bûches et arranger le feu. Personne n'a jamais pensé qu'elle formait avec Robert un couple modèle et qu'ils s'aimaient d'un tendre amour, mais elle ne semble pas exagérément affectée par la trahison de celui-ci.

« Je ne dis pas que ça ne me fait rien, je dis que ça ne me fait pas grand-chose, nuance-t-elle. Depuis hier, j'ai l'impression qu'un étranger arpente les lieux, je vous laisse deviner comme c'est agréable, un homme que je ne reconnais absolument pas. »

Je hoche la tête. Je retourne préparer des grogs. Quand je reviens, Vincent finit de noter l'adresse d'un avocat, la neige tombe, le feu crépite, il monte s'assurer que le bébé dort bien cependant que je fais le service.

« Je dois m'estimer heureuse qu'il ne m'ait pas ramené une maladie ou je ne sais quoi, soupire-t-elle.

— Est-ce que tu as faim, est-ce que tu as mangé ? » demandé-je.

Je me détends davantage en apprenant qu'elle ne connaît pas la femme et qu'elle ne tient pas à la connaître. « Je ne sais pas, dis-je. Mais peut-être qu'au fond tu as raison. Je suis désolée, tu sais.

— Tu n'as pas besoin d'être désolée. Je vais bien. Les vies sont remplies d'incidents de ce genre. »

Je soulève mon bras et elle vient se loger contre mon épaule. Quelques minutes plus tard, lorsqu'il redescend, voyant cela, Vincent sourit et Anna soulève son bras et il vient se loger contre son épaule. Nous ne parlons pas, nous regardons en direction du feu. Puis je les laisse, je vais me coucher.

Je me suis demandé quelquefois, quand il n'était encore qu'un adolescent imberbe et plus tard, en différentes occasions, s'il se passait certaines choses entre eux, mais sans jamais pouvoir obtenir de certitude à ce sujet et ce matin, je ne suis pas plus avancée, je ne sais pas s'ils ont couché ensemble ou si elle a dormi sur le canapé et je ne le saurai sans doute jamais car j'ai beau, une fois encore, scruter le moindre signe édifiant de leur part, je ne remarque rien d'inhabituel en dehors des petits gestes affectueux qu'ils échangent depuis qu'il est au monde et qui ne m'apprennent rien que je ne sache déjà.

Vincent part chercher ce qu'il faut pour le bébé et lorsque je redescends, Anna porte celui-ci comme un trésor fragile contre sa poitrine, penche son visage vers lui, danse avec lui souplement, de manière si tendre et affectueuse que l'on jurerait qu'elle en est au moins la mère — mais connaissant le drame qu'elle a vécu deux fois déjà et la frustration qui est comme une blessure ouverte qui ne se referme pas et se creuse, je reste en retrait, je m'abstiens d'intervenir, et lorsque Vincent est de retour et qu'ils se croient seuls, je guette le regard, l'effleurement, le détail qui peut les confondre, mais ils sont trop forts. C'est presque risible.

Ce qui se révèle assez grotesque au demeurant, c'est le duo qu'ils forment au-dessus d'Édouard comme s'il était leur enfant, ce duo détraqué qu'ils forment. Je dis que je vais faire un tour mais que je reste par là.

Il fait beau, la neige grince et craque sous mes bottes de caoutchouc. Se promener est la meilleure chose qui soit au monde. Quand j'arrive devant chez Patrick, il est dans son jardin, en bras de chemise, et il déblaie devant chez lui. M'apercevant, il s'arrête et m'adresse un signe amical. «Hello, comment allez-vous? me lance-t-il avec un large sourire.

— Ça va. Et vous?»

Il s'accoude au manche de sa pelle, regarde le ciel en souriant. «Je suis complètement retourné, finit-il par déclarer.

— Ah bon? répliqué-je sur un ton méfiant. Vous diriez ça? *Retourné?*»

Je réfléchis en hochant la tête.

«Il va falloir que nous parlions, Patrick.

— Je sais. Bien sûr, fait-il en baissant le front.

— Il va falloir que nous parlions très vite, vous savez. Vous me posez un terrible, terrible problème, Patrick.» Nous échangeons un regard intense auquel je mets fin en faisant demi-tour sans plus attendre. Je m'éloigne de quelques pas, puis je m'arrête et me tourne de nouveau vers lui. «Moi aussi, figurez-vous, je suis retournée, comme vous dites», déclaré-je avant de me remettre en marche et, cependant que je chemine, reprendre peu à peu mon souffle.

Josie refuse de prendre un café avec nous — j'ai pourtant relégué Anna dans mon bureau pour qu'elles ne se rencontrent pas et j'ai sorti une boîte d'excellents chocolats que j'ai laissée ouverte sur la table. Elle explique qu'elle était très en colère et que seule ma rapidité à saisir mon téléphone pour la prévenir a évité un recours aux forces de l'ordre pour enlèvement, violation de domicile, brutalités, elle ne sait quoi encore, mais qu'elle ne va pas pour autant s'asseoir et se mettre à bavarder gentiment après ce qui s'est passé. Je la comprends tout à fait. C'est tout à fait à son honneur, mais je ne peux pas le lui dire.

« Pensez à lui, tous les deux. Pensez moins à vous et davantage à lui, dis-je. Montrez-vous intelligents. Tâchez de trouver un terrain d'entente. »
Elle ricane : « C'est par là qu'il fallait commencer.
— Okay, okay, soupire Vincent.
— Un peu court, comme excuse. »
Il y a apparemment un problème avec la fermeture éclair de la combinaison vert fluo dans laquelle on l'a enfermé et qui l'a transformé en petit bibendum — mais la mère est elle-même une femme de quatre-vingt-quinze kilos revêtue d'une atroce doudoune bleu turquoise argenté si bien que l'équilibre est respecté.
Je tâche de la rendre raisonnable : « Laissez-le accepter ce travail, dis-je. Ce n'est pas le moment de plaisanter avec ça. Il y a un temps pour ceci et un temps pour cela, vous le savez bien, Josie.
— Vous mêlez pas de ça, dit-elle.
— Te mêle pas de ça », dit Vincent.
Je ne dis rien. Je tire un coup sec sur la fermeture éclair et je la débloque.

Nous la regardons partir. « Elle n'est pas aussi intraitable que ça, dis-je. Le temps va jouer pour toi. Dans trois jours, elle sera sur les genoux.

— Non, ne crois pas ça, dit-il tandis qu'elle disparaît dans le premier virage et s'enfonce dans les bois bleuissants. Elle m'a surpris plus d'une fois. Elle peut me surprendre encore. »

Anna reste un moment après le départ de Josie, et je suis certaine qu'elle a tout entendu mais elle feint du contraire et tend l'oreille à la version de Vincent afin de prendre la température ambiante. Anna est une experte. Josie est une pièce délicate à manipuler si l'on ne connaît pas très bien les sentiments de Vincent à son égard. Mais les connaît-il lui-même ? Tout le problème est là, toute la difficulté provient de cette incertitude qu'il entretient, peut-être sans même s'en rendre compte, et Anna est bien avisée de prendre les dernières nouvelles car il semble que la cote de Josie n'est pas si basse que nous le pensions dans l'esprit de Vincent, qu'il est moins indifférent qu'il ne le dit et que l'on risque de se retrouver en porte à faux avec lui aussi vite que le vent peut tourner, si l'on ne se remet pas sans cesse à jour.

Quand elle s'en va, je l'accompagne à la porte, et pendant qu'elle enfile ses gants elle murmure, sans me regarder : « Préparons-nous à souffrir.

— Ça veut dire quoi ? demandé-je.

— Ça veut dire préparons-nous à souffrir. »

Elle m'embrasse et file à son tour, me laissant avec cette énigme.

Le lendemain, au bureau, je profite d'être seule

un instant avec elle pour lui demander de m'éclairer. «J'ai repensé à ce que tu m'as dit en partant, dis-je.

— Elle va nous faire du mal. Je le sens. Mais il n'y a pas moyen de l'éviter. Elle va finir par nous faire mal, tu sais.»

Nous fumons des cigarettes. «Ce n'est pas très gai de commencer la semaine sur des pensées aussi sombres, dis-je.

— Oui, je sais, mais que veux-tu, soupire-t-elle. J'ai eu cette révélation. Je sens que le moment est proche.»

J'observe Vincent qui vient de se poster devant la machine à café. Je l'observe à table, à l'heure du déjeuner. Je l'observe à l'heure de la fermeture. Mais je ne sais pas ce que je cherche.

Quoi qu'il en soit, j'hésite à lui demander s'il compte s'installer durablement dans la maison, de crainte qu'il ne le prenne mal, mais sa présence complique pas mal de choses — nouer une relation secrète, par exemple.

J'ai été enchantée que Josie le mette à la porte et durant ces quelques jours, j'ai largement profité de sa compagnie, j'ai profité de chaque minute qu'il a passée à la maison — apprécié qu'il y mange, qu'il s'y lave, qu'il y dorme, qu'il m'interpelle du bout du couloir, qu'il se promène en robe de chambre, qu'il dégringole les escaliers, qu'il déblaie le jardin, qu'il ne soit pas un simple visiteur — et j'ai été heureuse qu'il soit là pour des tas d'autres raisons, mais il y a eu l'épisode insensé de la buanderie et depuis, je préférerais être seule et mener ma vie comme je l'entends, à l'abri des regards. Bref, je préférerais qu'il ne soit pas là mais il est là, il est dans mes jambes à présent, et je ne peux revoir Patrick avant trois jours — Josie a fini par accepter que Vincent fasse la baby-sitter deux soirs par semaine.

Le soir tombe. Je bois un grand verre de gin et je lui dis de venir. Je le fais entrer et je lui dis de se servir un verre. Je me sens un peu agitée. L'affaire n'est pas aussi simple.

«L'affaire n'est pas aussi simple, lui dis-je. Au fond, vous n'êtes qu'un sale petit violeur, vous m'avez violée! Vous vous rendez compte de ce que vous m'avez fait? Vous croyez que je peux vous pardonner ça?»

Il s'assied et se prend la tête entre les mains.

«Ah non, je vous en prie!» lui dis-je, très irritée. J'allume une cigarette.

Je me mets à marcher de long en large tandis qu'il relève la tête. Je prends mon manteau. «Venez dehors, lui dis-je. Prenons l'air.»

Il fait très froid, le clair de lune est accueillant. Nous n'allons pas bien loin, nous restons devant, nous nous tenons côte à côte dans la nuit claire.

«Franchement, dis-je, l'air sent vraiment bon, vous ne trouvez pas? Dites quelque chose. Vous n'avez pas froid?

— Non, non.

— Vous êtes sûr? Vous êtes en chemise.

— Non, non.

— Est-ce que vous vous mettez à ma place?»

Je ne le regarde pas, mais la buée de sa respiration entre dans mon champ visuel. «Je dois faire quoi avec vous, demandé-je. Aidez-moi, dites-moi ce que je dois faire.»

Je lui glisse un coup d'œil à la dérobée et je vois qu'il n'en sait pas plus que moi, je vois qu'il essaye de comprendre, lui aussi, je vois qu'il aimerait bien y voir plus clair, mais c'est peine perdue.

«Je ne peux rien faire, sinon, déclare-t-il au bout d'un instant.

— Je sais, je ne suis pas aveugle», dis-je.

Il insiste d'une voix forte : «Je ne bande pas, autrement, vous comprenez?!»

Je le regarde franchement cette fois, puis je hausse les épaules et je regarde ailleurs. «Quelle histoire insensée !» soupiré-je.

J'inspecte le ciel encore une minute ou deux puis je propose que nous rentrions nous réchauffer.

Je dois attendre encore deux jours pour le revoir — attendre que Vincent soit de garde auprès d'Édouard pour avoir une soirée libre et nous recommençons, nous buvons un verre pour nous donner un coup de fouet et sans plus attendre il se jette sur moi et aussitôt nous roulons sauvagement sur le sol et notre lutte commence. Il arrache mes vêtements et je hurle. Je le frappe réellement de mes poings, il me tient à la gorge, il me frappe, me possède, etc.

Pendant le week-end, j'achète un lot de lingerie bon marché.

Après réflexion, nous avons décidé d'organiser cette fameuse fête pour les vingt-cinq ans d'AV

Productions et Vincent est soustrait à son travail
d'archivage, au gré duquel il ne se dépensait pas
beaucoup physiquement, pour un travail plus
rude, plus conséquent, et me voilà tranquille
pour quelques soirs comme par magie car il doit
se démener toute la journée, courir à droite et à
gauche, de l'imprimeur aux fournisseurs, régler
une montagne de petits problèmes dont on ne
voit jamais la fin — sans jamais perdre son sang-
froid —, si bien qu'il dort déjà dans la voiture
quand nous rentrons et monte directement dans
sa chambre pour finir sa nuit quand, pour ainsi
dire, je commence à peine la mienne.

Je m'allonge et je lis un peu — je n'aime pas
tout chez David Foster Wallace, mais c'est
assez souvent fantastique — en attendant qu'il
s'endorme — je vais vérifier derrière sa porte
et si je ne vois aucun rai de lumière sur le seuil,
si je n'entends rien au bout d'une minute, je
repars sur la pointe des pieds et je sors.

Je traverse mon jardin, descends jusqu'à la route,
la traverse, marche tranquillement en terrain
découvert au milieu des quelques bosquets lour-
dement enneigés qui scintillent au clair de lune,
je marche les mains dans les poches, je suis seule,
j'entends un cri d'oiseau, je souris, l'idée que
Vincent pourrait se réveiller et s'apercevoir de
mon absence a presque un goût de sucrerie, puis
je remonte vers sa maison, ses fenêtres allumées,
sa cheminée qui fume.

Patrick pense que lorsque nous sommes dans la
cave je peux appeler au secours et hurler tout

mon saoul sans crainte de réveiller le voisinage, ce qui me rassure car je ne saurais expliquer ces cris que je pousse au milieu de la nuit comme si on allait m'égorger ni comment on peut se livrer à de telles idioties à mon âge, jouer à des jeux aussi pervers.

Je ne me suis pas encore donné le temps d'y réfléchir. Je n'ai pas une minute à moi et si par miracle je parviens à voir Patrick, nous sommes trop occupés par nos déviantes étreintes pour prendre le recul nécessaire et je repousse à plus tard le moment d'y penser réellement. De peur que ce ne soit pas défendable, sans doute — je ne puis écarter cette option.

Personne ne voudrait croire un instant que je ne prends pas plaisir à ces terrifiantes mascarades, aussi tordues qu'elles soient — mais je n'ai jamais dit le contraire, je n'ai jamais prétendu que l'affaire était platonique. J'ai l'impression de me réveiller d'un long sommeil — et je mesure à quel point la qualité des rapports que j'avais avec Robert s'était délitée vers la fin et sombrait dans l'indifférence.

Je suis consciente que les choses ne peuvent demeurer en l'état indéfiniment, que nous allons devoir en parler rapidement — mais il y a aussi la peur que tout puisse s'évanouir dans un souffle si l'on en parle et cette peur pétrifie.

Pour faire le chemin inverse et rentrer chez moi, heureuse, endolorie, presque aphone, il propose chaque fois de me raccompagner mais je préfère repartir comme je suis venue, à pied, et profiter de la fraîcheur de la nuit pour ramener mon corps et mon esprit à une température normale.

Un soir, après une journée éprouvante, Vincent me confie que ses relations avec Josie sont loin de s'arranger et qu'il envisage d'aller en justice s'il n'obtient pas la garde d'Édouard de manière plus équitable.

« Par exemple, m'explique-t-il, je pourrais le prendre le soir, à la sortie du bureau, et le ramener le matin avant d'arriver au travail. Je pourrais le soir lui donner à manger, le laver, le coucher, et le matin le changer, le recoiffer, lui donner son petit déjeuner. »

Je me contente d'opiner. À quoi bon lui opposer l'ampleur et l'absurdité de la tâche qu'il s'apprête à charger sur ses épaules ? Ai-je la moindre chance de lui faire entendre raison ? Nous allons boire un verre avant de rentrer. Anna nous rejoint. Cette fête la rend anxieuse et Robert, qui est censé s'être installé à l'hôtel en attendant qu'une décision soit prise, rôde en permanence dans l'appartement à la recherche d'une cravate ou d'une paire de souliers qu'il n'a pu emporter.

« C'est épuisant, soupire-t-elle. Il le fait exprès, j'imagine. »

Quand Vincent descend aux toilettes, je demande à Anna de ne pas encourager cette folle idée qui traverse Vincent et qui nous verrait avec un nourrisson sur les bras non pas du matin au soir mais du soir au matin, ce qui est la tranche la pire.

« Imagines-tu qu'après une journée comme celle-ci j'ai envie d'avoir un nouveau-né en nourrice ?

Réfléchis un peu, s'il te plaît. Je n'ai pas envie de ça.

— De quoi as-tu envie ?

— Je n'en sais rien. Je n'ai pas envie de ça, c'est tout. Je veux pouvoir rentrer chez moi et me faire couler un bain et rien d'autre.

— Mais c'est important pour lui.

— Je pensais que nous avions trouvé un rythme assez juste. Un jour sur deux, c'est déjà beaucoup pour moi. Ne m'en demandez pas davantage. Inutile. Je dois me garder quelques soirées tranquilles, tu comprends. On doit se préserver quelques espaces, tu le sais bien. C'est important aussi.

— Écoute, je peux les prendre chez moi un soir ou deux par semaine. Je ne sais pas, qu'en dis-tu ?

— Je pense qu'il ne va pas y arriver, je pense que ce n'est pas l'aider que de le lui faire croire.

— Nous allons l'aider. Nous allons y arriver. »

Je ne dis rien. Je bois mon gin-tonic avec une paille.

Ce soir-là, je hurle de toutes mes forces, j'appelle à l'aide et rue comme un animal enragé, et à la fin Patrick roule sur le côté, en sueur, hors d'haleine, puis demeure les bras en croix, souriant au plafond, et il siffle entre ses dents avant de m'annoncer que j'ai tenu mon rôle de façon brillante, exceptionnelle — je vois qu'il saigne un peu du nez — puis il se dresse sur un coude et me considère avec ravissement.

Vincent se débrouille bien, il loue une péniche

devant la Grande Bibliothèque, trouve un DJ anglais et négocie le reste avec Flo, chaque chose au meilleur prix, et tout le monde à l'agence l'apprécie, il est serviable, il s'investit dans le travail que nous lui avons confié et nous commençons à nous dire que son embauche a une autre raison d'être que celle de la simple charité — enfin surtout moi, car Anna n'en a jamais douté, dit-elle. Mais bien sûr, quelque chose ne va pas. Ses problèmes avec Josie assombrissent tout et gâchent son plaisir. J'ai le temps de l'écouter longuement sur le chemin du retour et je sais qu'ils sont encore loin de trouver un accord et que le ton monte. Ce qui me rassure d'un côté, quand je vois que Josie ne veut rien lâcher et que mes craintes sont prématurées, mais de l'autre m'inquiète quand je surprends la mine sombre et butée de Vincent dans la lueur verdâtre du tableau de bord. J'ai toujours eu peur que mon père ne m'ait transmis quelque chose et que je ne sois qu'un maudit maillon de la maudite chaîne.

«Dis-lui que je veux la voir, dis-lui que je veux lui parler. »

Je donne un coup de volant pour éviter un cycliste zigzaguant sur un vélib.

«Regarde où tu vas, me dit-il après avoir sauté en l'air, tu es en train de conduire, putain. »

Il boit trop de café.

«Tu es sans arrêt à cran», lui dis-je.

La veille de la fête, il court encore dans tous les sens, vérifie que tout a bien été vérifié, que le gâteau sera prêt, s'assure qu'aucune chute de neige ni aucune grève dans les transports ne viendra perturber la soirée, puis il appelle Josie et il me semble qu'ils commencent à se chicaner pour une question d'emploi du temps et il s'éloigne car l'échange devient plus vif et s'émaille d'éclats dont je ne perçois bientôt plus que l'ordinaire et prévisible litanie qui désormais leur tient lieu de dialogue tandis qu'il s'évanouit par l'escalier de service comme s'il traînait une flamme derrière lui.

Il n'a pas fermé l'œil de la nuit, me raconte-t-il. Il a avalé deux Valium qui ne lui ont fait aucun effet et joué pendant des heures au solitaire avec son téléphone et ne s'est arrêté qu'à l'aube. « J'ai rentré du bois », me dit-il.

Je lui caresse la joue. Je bâille. Je suis allée rejoindre Patrick vers minuit et il me manque à présent quelques heures de sommeil mais je ne regrette rien.

« Que va-t-il se passer quand Rébecca va rentrer ? » ai-je demandé.

Il a écarté de mon front une mèche collée par la sueur et m'a répondu en souriant qu'il prendra sans doute une chambre à l'hôtel en attendant. « Comme notre ami Robert », a-t-il ajouté en riant — mais je suis la seule à goûter le sel de la situation. Il dit que Rébecca va s'arrêter à Lourdes sur le chemin du retour et se demande, en plaisantant à moitié, si elle ne va pas poursuivre sur Jérusalem ou encore Bugarach. Je suis sur une sorte de nuage, plutôt *à l'intérieur* d'une sorte de nuage qui empêche les choses de m'atteindre

— au mieux elles ne m'atteignent que mollement. Nous l'avons fait dans son garage, cette
fois, sur le capot de sa voiture, et ça ne facilite pas
le retour sur terre, j'en conviens, mais ça ne va
pas — ne peut pas — durer, il va falloir éclaircir la
situation très vite. Dans les jours qui viennent.

Vincent a préparé le petit déjeuner. « Très bien.
Merci Vincent. Mais maintenant assieds-toi et ne
fais plus rien. Repose-toi. Détends-toi.

— Je me sens fébrile. Je me suis cassé le cul, tu
comprends.

— Sois tranquille, il va y avoir du monde. Il y a
à boire et à manger. Tout va bien se passer.

— J'ai cherché à l'appeler toute la nuit et elle n'a
pas répondu.

— Bien sûr qu'elle n'a pas répondu, Vincent.
Elle dort, la nuit. Les gens normaux font ça, tu
sais. »

Il a préparé les œufs. Je n'ai plus qu'à les cuire.
« Écoute, Vincent, je ne crois pas que ce soit la
bonne méthode, vois-tu, de la harceler. Je crois
qu'elle est du genre à rendre les coups au cen-
tuple. »

Il maugrée. Il me fait de la peine. Je serais si heureuse s'il oubliait Josie et son enfant, s'il les laissait
poursuivre une existence qu'ils ont commencée
sans lui — monter à bord en cours de route est
toujours plus difficile et impose quelques acroba-
ties. Il lui suffirait de lâcher prise, de se saouler
une bonne fois et le tour serait joué. Mais je
m'abstiens résolument de lui faire part de mon
opinion. Je ne veux prendre aucun risque à

quelques heures de cette soirée qui le met déjà dans un état épouvantable.

Personne n'est au courant de ma liaison avec Patrick mais il fait maintenant partie de nos connaissances et nous l'avons mis sur la liste de nos invités. Il passe me prendre car Josie ne répondant toujours pas, je laisse la voiture à Vincent qui commence à se ronger les sangs et veut aller voir sur place.

Patrick est à peine entré que Vincent est déjà sorti et nous entendons le moteur ronfler et il me regarde en souriant. Je l'informe en deux mots de la situation puis je sens que son air change et je souris à mon tour. « N'y pensez pas, lui dis-je. Ne me forcez pas à vous gazer.

— Vous me tentez, Michèle. »

Je lui touche le bras. « Nous ne rentrerons pas tard », fais-je en exerçant une pression effrontée sur ce bras. « Je vous le promets, ajouté-je en le fixant droit dans les yeux avec une moue.

— Je suis à la torture, souffle-t-il dans mon cou.

— Je l'espère bien, Patrick. »

J'avais oublié comme avoir un nouvel amant est agréable, comme chaque instant à ses côtés est rempli d'étonnement, de fraîcheur, de dynamite, au moins durant les trois premières semaines, et comme il est agréable de jouer, de se cacher, d'entretenir un secret, de plaisanter. Il me dit que je suis superbe, tandis que nous sortons dans la nuit froide. « Voilà ce que j'aime entendre, pensé-je, voilà bien la drogue la plus puissante au monde. »

Des blocs de glace descendent la Seine et miroitent, glissent contre la coque noire de la péniche.

Richard n'est pas très au courant de la brouille qui persiste entre son fils et Josie et j'en profite pour lui dire qu'il doit apprendre à partager son temps et ne pas en consacrer les neuf dixièmes à Hélène s'il veut continuer à comprendre quelque chose au monde qui l'entoure. Il ricane. J'ai appris qu'Hélène avait réussi à faire lire son scénario chez Hexagone — chose que j'ai toujours été incapable de faire, a-t-il dû penser aussitôt — et j'imagine que le dernier dixième est employé à brûler des cierges à son nom. « Quoi qu'il en soit, il n'a aucune nouvelle depuis hier, dis-je. Ce n'est pas très bon signe. Sois un peu attentif. Parle-lui. »

Il me tend un verre de champagne et acquiesce. La péniche tangue légèrement au passage d'un affreux bateau-mouche. En temps normal, il aurait répliqué que j'étais mal placée pour lui donner des leçons ou aurait fait une réflexion de ce genre et cet esprit combatif qu'il adoptait alors avec moi est en train de disparaître aussi vite que la neige va commencer à fondre aux premières chaleurs. Le paradoxe est que ce manque d'agressivité me blesse. Le temps que nous échangions trois mots Richard et moi, et il y a déjà trois hommes autour d'elle — et Richard surveille la scène du coin de l'œil avec une faible grimace.

Anna me rejoint au bar. Elle cherche Vincent pour le féliciter car tout se déroule à merveille, mais elle fronce les sourcils lorsque je donne la raison de son absence. Elle ne dit rien. Elle serre les poings. Je ne lui en fais pas la remarque, mais son antipathie affichée pour Josie — même si celle-ci la lui a bien rendue — est à la source du conflit qui oppose justement Josie et Vincent et voilà ce qui arrive. Je la prends cependant dans mes bras car cette fête est en son honneur, il y a vingt-cinq ans nous nous sommes rencontrées dans une chambre d'hôpital et nous avons mis toutes ces choses en route, et je la garde contre moi un instant jusqu'au moment où certains commencent à siffler, à pousser des cris d'encouragement.

Anna profite de la bonne humeur générale pour parler de son émotion, de sa fierté, et elle remercie du fond du cœur tous les amis et clients d'AV Productions qui nous ont accompagnées tout au long de ces vingt-cinq années bla bla bla, puis tout le monde applaudit. Quelques auteurs sont déjà saouls. Le champagne est excellent. Vincent s'est décidément bien débrouillé. Je me demande ce qu'il fait. Je veille à ce que l'on mette des petits-fours de côté. De temps en temps, je croise Patrick et nous échangeons quelques mots sans intérêt, comme le feraient de vagues connaissances et cette situation se révèle assez drôle — car nous n'avons qu'une chose en tête, notre prochaine étreinte, et jouer l'indifférence dans ces conditions prend une saveur particulière. Au point qu'Anna me souffle à l'oreille, en parlant de Patrick, qu'elle ne comprend pas comment je ne suis pas encore tombée dans les bras de ce charmant voisin. J'examine celui-ci du coin de l'œil. « Tu ne le trouves pas un peu fade, un peu quelconque ? » demandé-je.

Vincent fait enfin son apparition, mais il est seul — et blanc comme un linge. Bonne âme, je remonte sur le quai et vais au-devant de lui. « Elle n'est pas là. Il n'y a personne, lâche-t-il entre ses dents. Elle s'est tirée, putain ! »

Je lui prends le bras tandis que nous retournons vers la passerelle. « Non vraiment ? Tu en es sûr ?

— J'ai attendu pendant une heure. Puis le type qui habite en dessous a dit qu'il l'avait vue partir avec un sac.

— C'est tout ?

— Quoi ? Il te faut un dessin ? »

Je l'entraîne à l'intérieur pour qu'il puisse admirer son travail et se réjouisse d'avoir su mener sans fausse note l'opération à son terme. Anna vient en renfort et me l'enlève. Je mets Richard au courant. « Où veut-il qu'elle aille avec un sac et son enfant dans les bras ? se demande-t-il en haussant les épaules. Elle n'a pas dû partir bien loin. » Je suis de son avis et ne m'inquiéterais pas davantage du sort de Josie si Vincent se détendait un peu et abandonnait la grimace qu'il affiche avec une infaillible constance depuis son arrivée.

Je demande à Richard d'aller le rassurer comme il peut, comme seul un père sait le faire, paraît-il, et je comprends au regard navré qu'il glisse en direction d'Hélène, toujours très entourée — elle porte des talons aiguilles rouge vif —, qu'il se sent comme un type qui a garé son Aston Martin de nuit dans un quartier où l'on ne laisserait ni un vélo ni une vieille mobylette dormir dehors.

Il finit par hocher la tête.

«Tu es un bon père», lui dis-je.

Il continue de la hocher, pensif.

«Richard, dis-je, si elle se fait enlever dès que tu as le dos tourné, je te conseille de t'en séparer rapidement. Tu vas n'en récolter qu'amertume.»

Il fait partie de cette nouvelle race d'hommes avec lesquels on a vécu et avec lesquels on ne vit plus — et qui demeurent attachants contre toute attente, sous une certaine lumière et à dose modérée.

Le gâteau a la taille d'une table de ping-pong, l'épaisseur d'une brique, et il est entièrement recouvert d'une crème marbrée blanche et bleue que surplombe une décoration à l'aspect de nougatine célébrant les vingt-cinq ans d'AV Productions. Je laisse Anna s'en occuper après que nous avons soufflé les bougies et joué les divas sous les applaudissements et les sifflements élogieux de la profession, car je vois qu'elle y prend un plaisir légitime et profite de servir les premières parts pour glisser un mot à certains invités. Je lui adresse un clin d'œil qu'elle me retourne avec un large sourire. Je vois Richard s'approcher de Vincent entre les fauteuils et lui poser une main sur l'épaule. Je croise Patrick au bar — ce Patrick-là est un mélange des deux, une superposition assez malvenue de ses deux visages qui le rend attirant et repoussant à la fois et la ressemblance avec mon père n'est pas loin. Je prends bien soin de ne pas me coller à lui. « Ça va ? lui demandé-je. Vous ne vous ennuyez pas ? »

Il semble avoir retrouvé quelques connaissances et m'invite à partager un verre en leur compagnie. Je vois de loin de quelles personnes il s'agit — une horrible Française qui tient une galerie à Soho — et je me défile aussitôt en prétextant une affaire à régler d'urgence avec Vincent à propos de la voiture. Un instant il a l'air dépité mais se ressaisit rapidement. Pour le féliciter, je lui effleure la main en secret.

Je revois avec plaisir de vieilles connaissances — en particulier un couple qui a travaillé pour nous sur des portraits d'artistes et qui est venu avec sa fille de dix-huit ans dont j'ignorais l'existence, Aliette, enceinte de sept mois et demi, radieuse, rayonnante, bien que le père soit dans la nature, si j'ai bien compris — et je bois aussi quelques verres avec des scénaristes qui tiennent une histoire formidable — je les écoute en souriant, sans rien comprendre, en raison du brouhaha général, rires, éclats de voix, musique de fond —, je me promène un peu avec Anna entre les tables basses et nous nous arrêtons pour échanger quelques mots avec les uns ou les autres, et l'heure tourne, et je passe une excellente soirée sur cette péniche. Comme tout le monde ici. Nous passons tous une excellente soirée sur cette péniche, immobile sur le fleuve, excepté mon fils.

Qui vient justement de recevoir un terrible message. Il commence à être assez tard et je ne comprends pas pourquoi cette fille ne dort pas à une heure du matin alors que je la donnais il y a peu encore en exemple, et enfin, est-ce qu'elle n'a pas mieux à faire qu'à fusiller Vincent à bout portant avec ses maudits SMS ?

« Ne cherche pas à me joindre. » Le message est clair. Je lui rends son téléphone. Je le regarde droit dans les yeux, mais il baisse la tête.

« Si elle voit que tu t'accroches, tu es fichu », lui dis-je. Je reste un instant assise à côté de lui, puis je lui caresse le dos et me lève car j'en arrive à la conclusion qu'il n'y a rien de mieux à faire.

Plus tard, alors que je le crois aux toilettes — la disparition de Josie pourrait bien lui flanquer la nausée, a-t-il laissé entendre —, il m'appelle pour me dire qu'il est en faction en bas de chez lui et qu'il aimerait garder la voiture. « Elle va forcément repasser, me dit-il. Et je serai là quand elle repassera.

— Écoute, Vincent, je ne sais pas, tu as peut-être raison. En tout cas, les nuits sont glaciales, ne prends pas froid. Mais tu sais, il faudra qu'un jour tu m'expliques pourquoi tu cherches toutes ces complications.

— Ah-ah.

— Je suis sérieuse. »

Une heure plus tard, la fête bat toujours son plein mais j'ai envie de rentrer à présent et je devine au

227

regard impatient que Patrick me lance que je ne suis pas la seule — je fais aussi vite que possible, mais je ne peux pas partir sans prévenir, je ne peux me permettre cette impolitesse à l'égard de cinq ou six personnes influentes que nous devons choyer comme de purs trésors, Anna et moi, sous peine de perdre leur indispensable soutien — mais on n'a rien sans rien, non ?

Cette attente a contrarié Patrick et il est déjà installé dans la voiture lorsque je sors — Richard m'a retenue dix bonnes minutes de plus afin que je lui livre par le menu les derniers rebondissements de l'histoire et il dit qu'il a passé une heure à expliquer à Vincent qu'il devait rester tranquille et attendre que Josie se manifeste car il avait sans doute remarqué que celle-ci n'était pas d'un caractère facile et risquait de ne pas apprécier qu'il tente une espèce de passage en force.

«Je n'ai pas été trop longue, non ?» m'enquiers-je tandis que Patrick démarre sans répondre. Encore un petit garçon, songé-je, bien que la différence physique me saute immédiatement aux yeux.

J'examine un instant son profil, ses lèvres. «Auriez-vous mauvais caractère, Patrick ?»

Je me sens légèrement ivre, mais pas au point de lui chercher querelle car je garde à l'esprit la promesse que je lui ai faite en partant et cette simple évocation réveille un sombre désir en moi. Avec d'autres, il serait facile d'échanger une caresse ou un baiser pour tout arranger, mais Patrick est un cas spécial. Je ne peux rien faire pour lui tant qu'il n'a pas sa petite mise en scène.

Je ne veux pas y penser pour l'instant. J'ai tellement honte que je me réveille parfois en suffoquant et mes pensées se paralysent lorsque je m'interroge sur la possibilité d'une issue acceptable à cette histoire où j'ai singulièrement déchu. Un soupir enfle ma poitrine mais je reste silencieuse. J'aimerais que ce soit comme une maladie que j'aurais attrapée, un microbe en ne me lavant pas les mains, un virus contre lequel je n'aurais pas été armée, mais je rencontre des difficultés à remporter cette manche, je ne me convaincs pas tout à fait.

«N'empêche que vous m'avez bien laissé tomber», finit-il par lâcher tandis que nous arrivons à la hauteur des sinistres immeubles désaffectés de la Samaritaine.

«Mais non, bien sûr que non, dis-je. Mais j'ai des…, des obligations, des devoirs, vous comprenez? Et puis ce n'était pas vous, c'était cette femme, cette galeriste de Soho, figurez-vous que je la connais, je ne la supporte pas, je la fuis, peu importe, elle va bientôt éclater dans son tailleur fuchsia, vous ne croyez pas?»

Un peu plus tard, il propose de s'arrêter pour le faire dans les bois car il n'y tient plus — il s'essuie la bouche du dos de la main. Mais je brise aussitôt son rêve en lui indiquant le chiffre de la température extérieure. «Je suis aussi impatiente que vous, Patrick, mais là, non.»

Il m'adresse un sourire carnassier et accélère.

Il est très excité. Peu de temps avant d'arriver, il se penche et ouvre la boîte à gants pour en tirer sa cagoule qu'il a le bon goût de plaquer contre mon nez. Je lève les yeux au ciel tandis qu'il pousse un ricanement. L'aube semble frémir à l'horizon. Il est même si excité qu'il tend la main pour me caresser les cheveux et les empoigne brusquement pour m'avoir à sa merci, et il fait une embardée dans le virage. Il est temps que nous arrivions à la maison — dont les vitres du salon rougeoient encore faiblement des dernières braises qui restent dans la cheminée.

En nous voyant arriver, Marty se réfugie à l'étage — en fait, mes cris l'effraient.

Je sais qu'ils sont convaincants, ils expriment une rage bien réelle qui provient du tréfonds et m'inonde, m'envahit comme une armée en pleine conquête et je sais aussi qu'ils participent du terrible plaisir que je prends avec lui.

J'ai honte de jouer ce jeu mais la honte n'est pas un sentiment assez fort pour empêcher quoi que ce soit.

Je lui propose de boire quelque chose avant d'endosser nos rôles et quant à moi je ne serais pas contre quelques préliminaires pour changer, mais il ne prend pas la peine de répondre et m'administre une formidable bourrade qui m'envoie rouler par terre.

Je ne m'y attendais pas et reste davantage sonnée par la surprise que par la force du coup. D'une ruade, je lui lance une chaise dans les jambes tandis qu'il enfile sa cagoule. Il fait un bond et l'homme que je vois dressé au-dessus de moi est le diable en personne à présent. Il déchire ma robe. Je hurle. Il essaye de me saisir les mains ou même les pieds. Je le repousse. Il m'attrape. Je hurle. Il se laisse tomber contre moi. Je plante mes dents sur son bras. Il se dégage et cherche à introduire son sexe entre mes jambes, il se démène et lorsqu'il y parvient, que je mouille et que je hurle de plus belle, je vois Vincent debout derrière lui et j'entends le crâne de Patrick exploser sous la bûche avec laquelle mon fils vient de l'envoyer au royaume des morts sans que j'aie pu dire ouf.

Je suis la seule à connaître la vérité. Je suis la seule à savoir qu'il s'agissait d'une mise en scène et j'emporterai ce secret dans ma tombe. C'est infiniment mieux pour Vincent. S'il apprenait qu'il a tué un homme qui ne faisait que participer aux jeux pervers auxquels se livrait sa propre mère, il ne serait sans doute pas dans d'aussi bonnes dispositions à mon égard qu'il ne l'est aujourd'hui. J'en suis certaine. J'arrose les fleurs du jardin avec l'esprit tranquille de ce côté. Elles ont soif. Il a fait particulièrement chaud, nous ne sommes qu'à la mi-juin mais on se croirait en plein cœur de l'été, et encore maintenant, malgré la fraîcheur que procure l'arrosage, le soleil couchant cuit mes joues.

Il n'y aura bientôt plus aucune abeille — malgré la promesse que j'ai faite à Irène sur sa tombe —, mais j'en aperçois quelques-unes bourdonnant au-dessus de mes hortensias et je jette un coup d'œil en direction de la moustiquaire qui couvre Édouard — il n'est toujours pas réveillé et Vincent et Josie sont allés faire un tour dans les bois en attendant.

Je me passe un peu de crème sur les bras et les jambes. Je regardais Josie se livrer au même exercice tout à l'heure et j'étais de nouveau sidérée par la transformation effectuée en quelques mois. Elle est tout simplement méconnaissable.

Elle est accommodante avec moi, mais je m'en méfie comme de la peste — et c'est au moins une chose que je partage encore avec Anna. Je crois qu'elle nous déteste tous, en fait, car nous ne l'avons pas accueillie à bras ouverts et sa beauté toute fraîche est une démonstration de force avant tout.

Il y a eu deux visites dans l'après-midi pour la maison qu'occupaient Patrick et Rébecca et j'observe la directrice de l'agence qui referme les volets avant de partir — elle a du mal à la vendre, elle dit « Les gens *savent*... la pauvre jeune femme, c'est affreux ! » et durant un instant, je crois que c'est de moi qu'elle parle.

Je fume une cigarette en prenant garde que la fumée, par un mauvais coup du sort, ne voltige au-dessus du landau. Lorsqu'il se réveille et se met à ronchonner, je tends la jambe en dehors de mon transat et le berce du bout des orteils sans interrompre ma lecture d'une nouvelle de John Cheever dont seul un tremblement de terre pourrait m'arracher.

Quand ils partent, au moment de m'embrasser, Vincent m'annonce qu'il a trouvé une place chez Quick et je le félicite.

Je prends Marty dans mes bras et je les regarde s'éloigner.

Je reste seule jusqu'à la fin du week-end.

Je me sens lasse. Je ne suis pas encore sortie de cette histoire qui m'affecte plus profondément que je ne l'admets — et qui, de quelque manière que je l'aborde, me déchire et me blesse. J'ai consacré toute mon énergie, après le drame, à m'occuper de Vincent — je me souviens que mon premier geste, alors que je n'avais plus sur moi qu'un corsage en lambeaux et un bas roulé à la cheville, avait été de le repousser sans façon vers la cuisine, je lui aurais bouché les yeux s'il avait été un enfant et l'aurais emporté en courant pour le mettre à l'abri du terrifiant spectacle de ce corps qui se convulsait, de ce crâne fracassé dont le sang coulait à travers la cagoule comme de la crème à travers un chinois — et je n'ai guère pris le temps de m'occuper de moi et remettre mes idées en ordre n'a pas été facile. Je dois manquer de magnésium — et de tout un tas d'autres choses, pour être honnête.

Je ne veux pas en parler. Irène me manque en ce moment. Et cette brouille avec Anna tombe mal, mais Robert était devenu trop pressant, je n'avais pas eu d'autre choix que de mettre Anna au courant de ce que nous faisions dans son dos, enfin quoi qu'il en soit je n'ai plus d'amie, je n'ai plus un numéro à faire quand les choses vont mal, ni même quand elles vont bien, de sorte que je me penche pour reposer mon téléphone et l'échanger contre ma limonade tandis que Marty saute péniblement sur mes genoux — j'ai l'impression qu'il souffre d'une patte — puis tourne en rond sur mon ventre et me regarde avant de s'y installer, ce qui m'arrache un demi-sourire car ce genre de familiarité n'est pas dans ses habitudes, mais je reste ouverte au changement.

Richard s'est battu avec Robert dans un bar, paraît-il, quelques jours après mes aveux — je n'ai pas souhaité connaître les détails — et sans y voir de relation directe, les choses vont mieux entre lui et moi, aujourd'hui — depuis qu'il est redevenu célibataire aussi, sans doute —, mais je ne trouve pas de bonne raison de l'appeler pour l'instant et je renonce, et je reste seule à écouter le vent dans les arbres, les oiseaux, à sentir le jour baisser à travers le mince écran de mes paupières closes. Je sais qu'il ne digère pas lui non plus d'avoir appris que je couchais avec Robert depuis des années et qu'il espère en tirer certain accommodement de ma part, certain abandon de mes griefs à son encontre, notamment pour m'avoir giflée, mais j'ai peur que ce ne soit pas possible.

Hier encore, nous nous sommes un peu querellés à ce sujet car je fais preuve selon lui d'un effroyable entêtement, d'une dureté — pour ne pas dire d'une cruauté — qui fait peur. L'échange est devenu assez ferme à la suite d'une réflexion qu'il a faite concernant mon refus d'accorder une dernière visite à mon père — ce parfait exemple de mon effarante inflexibilité —, mais je n'ai pas accepté qu'il se mêle de juger mon comportement envers le vieillard qui moisissait en prison et j'ai mis mes écouteurs et je me suis mise à écouter *Everything I know* de Peter Broderick en regardant ses lèvres qui remuaient dans le vide et j'ai attendu qu'il se fatigue et comme je n'ai pas très bon caractère, j'ai refusé son invitation à dîner en ville — aujourd'hui encore, il n'a pas compris qu'on ne peut pas toujours pactiser, qu'il y a une ligne infranchissable, que la damnation existe.

Les épreuves que j'ai vécues durant l'hiver l'incitent à me ménager autant qu'il est possible, à ne pas me contrarier trop, mais s'il savait de quoi il retourne au juste, s'il savait à quelle atroce comédie je me livrais en fait, s'il savait à quel point les choses n'étaient pas ce qu'elles semblaient être, je gage qu'il ne l'entendrait pas — et les autres non plus, et Vincent n'en parlons pas — de la même oreille.

Le simple fait d'y repenser provoque un rétrécissement de ma gorge et donc une difficulté à respirer.

Ma part de responsabilité est énorme. Je remercie le ciel que Patrick m'ait au moins violée pour de bon, au moins une fois, sinon je pense que la culpabilité m'aurait rendue folle, et je n'ai tenu qu'à ce seul petit fil jusqu'à aujourd'hui, qu'à la seule pensée qu'il avait payé pour une faute qu'il avait commise *quoi qu'il en soit* — je ne savais pas si c'était suffisant, mais je n'avais rien d'autre à proposer et c'était un vrai cauchemar, une malédiction. Marty ronronne doucement sur mon ventre. Il fait bon, le soir tombe. J'entends des aboiements lointains, je vais bientôt rentrer.

Avec le recul, je ne comprends pas très bien comment j'ai pu accepter de jouer à cet abominable jeu — à moins que le sexe n'explique tout mais je n'en suis pas vraiment sûre. Au fond, je ne pensais pas être une personne si étrange, si compliquée, à la fois si forte et si faible. C'est surprenant. L'expérience de la solitude, du temps qui passe est surprenante. L'expérience de soi. De plus hardies ont vacillé — et j'ai fait plus que vaciller, c'est entendu. Il m'arrive parfois de revoir des scènes entières de nos étreintes, d'y assister, pour une raison que j'ignore, comme si je flottais à quelques mètres au-dessus de ces deux enragés qui bataillent sur le sol, et je suis époustouflée par ma prestation, par ma fureur, par mes effroyables cris — qui de toute évidence nous ont empêchés d'entendre Vincent arriver et lui ont fait croire qu'on m'égorgeait pour le moins — et presque émue aux larmes lorsque je me vois défaillir sous ses assauts et trembler comme une chiffe molle, une fois la chose faite, d'avoir trop joui. Si forte et si faible.

Lorsque je me lève, Marty tombe par terre. C'est un vieux chat aux réflexes ralentis et je n'ai pas pris garde à lui. Je lui fais mes excuses et l'entraîne vers la cuisine où je lui coupe un morceau de melon et je le regarde arriver un peu titubant, visiblement mal réveillé. Il avait détalé après le drame et je ne l'avais pas revu durant une quinzaine de jours. Chaque soir, j'allais à la fenêtre et je l'appelais durant de longues minutes. Il est le seul à tout savoir, à avoir été témoin de tout, et c'est la raison pour laquelle il m'est si cher, si précieux. Je n'ai rien raconté d'intéressant aux enquêteurs et j'ai dit à Richard que je ne pouvais pas savoir si Patrick et l'homme qui m'avait violée la première fois étaient la même personne car je n'avais pas vu le visage de ce dernier, mais il me semblait que non, que Patrick était plus grand et plus athlétique, et l'enquête s'est arrêtée là, les inspecteurs sont repartis et j'ai demandé qu'on n'aborde plus ce sujet devant mon fils et moi, qu'il soit considéré comme clos, une fois pour toutes. Marty me regarde. Je ne sais pas ce qu'il veut. Je me penche pour le caresser. Il se redresse. Il est mon fier et silencieux complice.

Je me réveille en pleine nuit pour une raison inconnue, je n'allume pas mais j'attends quelques minutes dans un silence total, puis je me rendors. Au matin, son cœur ne bat plus, il est mort, il a rendu l'âme sur ma descente de lit. Les rideaux ne suffisent pas, le soleil est majestueux, je me lève et ferme les volets pour maintenir une pénombre propice, puis je retourne sur mon lit, je ne le regarde pas, je ne le touche pas, je le laisse où il est et je pleure sur son départ et sur le reste sans faire de bruit et sans interruption jusqu'au milieu de l'après-midi, de sorte que mon tee-shirt et mes draps sont trempés comme si une averse nous avait surpris au milieu d'un mauvais rêve.

Je n'ai plus une seule larme à verser lorsque je m'occupe de lui et l'installe dans un carton à chapeaux récupéré au grenier et qui date sans doute de l'époque où Irène avait vingt ans. J'y ajoute quelques objets personnels, un grelot, une brosse, une souris en peau de lapin. Je l'enterre au pied d'un arbre du jardin.

Le téléphone sonne mais je ne réponds pas.

Je me suis occupée de Vincent, je l'ai soutenu, protégé, déculpabilisé, je ne l'ai pas quitté d'un pouce après le drame — j'ai dormi avec la porte de ma chambre ouverte durant des jours pour l'entendre si quelque chose n'allait pas. Je me suis également occupée de Richard quand Hélène l'a plaqué au printemps pour un jeune scénariste, je suis allée boire quelques verres avec lui dans des bars quand il se sentait seul et avait besoin de parler. Mais les remèdes que j'emploie pour les autres ne peuvent rien pour moi. Mes discours ne me sont d'aucune aide. Si forte et si faible.

Le lendemain, je passe au Quick voir mon fils dans son nouvel uniforme et je lui annonce la mort de Marty et il me demande s'il est mort de sa belle mort. Mais il n'a pas l'air trop malheureux de ses nouvelles fonctions et se remet à circuler entre les tables en lançant des sourires à droite et à gauche et tout à l'heure, cependant, Anna me dira qu'il l'a appelée après ma visite pour lui dire que je n'étais pas bien, que j'avais, pour reprendre ses termes exacts, «une gueule d'enterrement».

Je profite de n'être pas loin pour rendre visite à Irène. Mon père est couché à côté d'elle, mais je ne m'en occupe pas, je ne fleuris que la moi-

tié de la tombe et je ne m'adresse jamais à lui, je
fais comme s'il n'existait pas.

«Marty est mort», dis-je. Le ciel est si bleu que
l'on s'attend à voir surgir des palmiers un peu
partout. Le cimetière est vide. Je tiens quelques
minutes. Puis mes lèvres commencent à trembler, je balbutie, je ressors promptement — et je
sais qu'elle me lance : «Quelle poule mouillée tu
fais, ma fille!»

Anna se gare devant chez moi au crépuscule. Je
la regarde sortir de sa voiture et remonter l'allée
tandis que j'imprime un léger mouvement à la
balancelle qui émet un long grincement.

Il fait encore très chaud et elle aussi a les bras
nus.

«Marty est mort, dis-je quand elle arrive.

— Oui, je sais», répond-elle en s'asseyant près
de moi.

Elle pose sa main sur la mienne. Il y a au moins
trois mois que nous ne nous sommes pas touchées, que nous n'avons fait qu'entretenir des
relations de travail.

«Je me demande si je ne devrais pas louer une
chambre à une étudiante», dis-je.

Il fait un beau clair de lune. De l'autre côté de la
route, à quelques centaines de mètres, la maison
de Patrick ressemble à un jouet brillant posé sur
une pelouse argentée — ils ont passé la tondeuse,
entretenu les haies, nettoyé les vitres, démonté et
remplacé la chaudière, mais la femme de l'agence
pourrait aussi bien transformer cette maison en

sucre et en pain d'épice sans parvenir à la vendre,
j'imagine.

« Tu n'as qu'à me la louer, cette chambre,
propose-t-elle sans se détourner du paysage.

— Oh... » fais-je en secouant vaguement la tête.

DU MÊME AUTEUR

Aux Éditions Gallimard

SOTOS, *roman,* 1993 (Folio n° 2708).

ASSASSINS, *roman,* 1994 (Folio n° 2845).

CRIMINELS, *roman,* 1996 (Folio n° 3135).

SAINTE-BOB, *roman,* 1998 (Folio n° 3324).

VERS CHEZ LES BLANCS, *roman,* 2000 (Folio n° 3574).

ÇA, C'EST UN BAISER, *roman,* 2002 (Folio n° 4027).

FRICTIONS, *roman,* 2003 (Folio n° 4178).

IMPURETÉS, *roman,* 2005 (Folio n° 4400).

MISE EN BOUCHE, *récit,* 2008 (Folio n° 4758).

IMPARDONNABLES, *roman,* 2009 (Folio n° 5075).

INCIDENCES, *roman,* 2010 (Folio n° 5303).

VENGEANCES, *roman,* 2011 (Folio n° 5490).

"OH...", *roman,* 2012 (Folio n° 5704).

LOVE SONG, *roman,* 2013.

Aux Éditions Futuropolis

LORSQUE LOU, 1992. *Illustrations de Miles Hyman.* (Repris sans illustrations en Folio n° 5427.)

MISE EN BOUCHE, avec Jean-Philippe Peyraud, 2008.

LUI, avec Jean-Philippe Peyraud, 2010.

Aux Éditions Bernard Barrault

50 CONTRE 1, *histoires,* 1981.

BLEU COMME L'ENFER, *roman,* 1983.

ZONE ÉROGÈNE, *roman,* 1984.

37°2 LE MATIN, *roman,* 1985.

MAUDIT MANÈGE, *roman,* 1986.

ÉCHINE, *roman,* 1988.

CROCODILES, *histoires,* 1989.

LENT DEHORS, *roman,* 1991 (Folio n° 2437).

Chez d'autres éditeurs

BRAM VAN VELDE, *Éditions Flohic*, 1993.

ENTRE NOUS SOIT DIT : CONVERSATIONS AVEC JEAN-LOUIS EZINE, *Presses Pocket*, 1996.

PHILIPPE DJIAN REVISITÉ, *Éditions Flohic*, 2000.

ARDOISE, *Julliard*, 2002.

DOGGY BAG, saison 1, *Julliard*, 2005.

DOGGY BAG, saison 2, *Julliard*, 2006.

DOGGY BAG, saison 3, *Julliard*, 2006.

DOGGY BAG, saison 4, *Julliard*, 2007.

DOGGY BAG, saison 5, *Julliard*, 2007.

DOGGY BAG, saison 6, *Julliard*, 2008.

DOGGY BAG : L'INTÉGRALE, *Julliard*, 2010.

IL DIT QUE C'EST DIFFICILE : BRAM VAN VELDE, Argol Éditions, 2011.

COLLECTION FOLIO

Composition I.G.S
Impression Novoprint
à Barcelone, le 06 janvier 2013
Dépôt légal : janvier 2013

ISBN 978-2-07-045628-4./Imprimé en Espagne.